그땐

몰랐던
일들

그땐

몰랐던
일들

글과 사진
신소현

팜파스

프롤로그

2010년 12월 2일에 친구와 함께 여권 갱신을 하러 갔습니다. 그래서
친구와 저의 여권 기간 만료일은 2020년 12월 2일로 똑같습니다.
그때 일이 아직도 생생하게 기억나요. 여권을 받아들고 희망에
가득 찬 표정으로 제가 말했죠.

"우리 2020년 12월 2일 여권 기간 만료일에 서로 어디에 있을까?
어디에서 지내고 있는지 서로 꼭 말해주기다!"

여권을 펼쳐볼 때면 그때 그 말이 생각납니다. 분명히 어딘가 낯선
곳에서 생활하고 있을 것 같다는 기대를 하고 있는지도 모르겠습니다.
『그땐 몰랐던 일들』이라는 제목은 이 책을 써야겠다는 생각을 할
때부터 정해놓았습니다. 가수 윤상의 팬이라면 아실 테죠. 2009년
발매된 6집 앨범의 제목입니다.

그땐 몰랐던 일들……. 조용히 읊조려 보면 찰나에 많은 생각을 하게 됩니다. 후회인지 체념인지 잘 모르겠는 감정으로 암묵의 결론을 내리게 되죠. 그땐 그랬었지…… 같은.
그땐 몰랐던 일들을 지금은 알게 되었다는 새로운 시작의 기분도 들고요. 『이 길에서 벗어나도 괜찮아』라는 책이 출간되고 미처 다 전하지 못한 이야기들을 전하고 싶었습니다.

첫인사를 쓰려고 생각한 지 3일 만에 마음이 움직였어요. 첫인사는 역시 여전히 긴장되고 서툰 것 같아요. 곧 도쿄에 다녀올 예정입니다. 서랍장 맨 위 칸에 있는 여권을 꺼내 보다가 문득 이 한 권의 책이 마치 여권 같다는 생각을 했습니다.

이곳저곳의 출입국 도장처럼, 이 책에는 여러 곳에서 머문 사진과 글로 채워져 있습니다.
사실 그곳의 바람과 냄새까지도 실려 있어요. 근사하죠?

여권 맨 앞장에는 이런 밀이 적혀 있잖아요.
"대한민국 국민인 이 여권소지인이 아무 지장 없이 통행할 수 있도록
하여 주시고 필요한 모든 편의 및 보호를 베풀어주실 것을 관계자
여러분께 요청합니다."

저도 당신을 위해 적어둘게요.

 "이 책의 소지인이 현실의 힘듦 속에도 아무 지장 없이 꿈을 지탱할 수
 있도록 하여 주시고 필요한 모든 격려 및 위로를 베풀어주실 것을 관계자
 여러분께 요청합니다."

신소현

#CONTENTS

#봄

#여름

#가을

#겨울

꽃은 물을
좋아하는 것이
아니라
물이 없으면
살 수 없다는
표현이 맞는 것
같아요.
마치 우리가
사랑 없이는
살 수 없는 것처럼
마치 우리가
여행 없이는
살 수 없는 것처럼

떠날 때에는
봄이 좋아요.
그냥
그런 것 같아요.

#봄

001

이것 말고는
줄 것이 없어요!

네잎클로버 찾기가 취미인 사람의 이야기를 들었다. 그 사람은 틈만
나면 네잎클로버를 찾아다녔다고 한다. 그렇게 찾은 네잎클로버를
만나는 사람들에게 나누어주었다고.
힘들게 찾은 네잎클로버인데 아깝지 않느냐는 물음에 그는 씨익
웃으며 이렇게 말했다.

"이것 말고는 줄 것이 없어요"

어떤 행위가 취미가 되는 것에는 특별한 이유가 없는 것 같다. 취미는
이유가 있을 수도 없고, 있어서도 안 된다고 생각한다. 네잎클로버를
찾아 다른 사람들에게 행운을 전해주는 그 사람의 취미는 행복을 찾는
거다.

네잎클로버를 찾는 사람처럼, 행복은 일부러 허리를 숙이고 눈을 크게
뜨고 찾아야 한다고 생각한다. 그렇게 찾은 행복을 만나는 사람들에게
나누어 주고 싶다. 내 손에 쥐고 있는 행복을 펴서 다른 사람에게
전해줄 수 있다면 좋겠다.

"물론 행복을 찾지 못할 수도 있어요.
행복을 찾는 것이 정답은 아니니까.
하지만 어딘가에 네잎클로버가 있는 것처럼 행복도 있을 거예요.
그리고 나는 당신에게 줄 것이 이것밖에 없거든요."

#002

필요했을
시간

책상에 앉아 글을 썼다 지우고, 썼다 지우다 결국에는 벽에 걸린
시디플레이어에서 흐르는 노래의 가사를 따라 적고 있었다.
딱히 쓸 말이 없어도 글을 쓰는 사람이라면
이렇게 책상에 앉아 있는 시간이 필요하다고 누군가가 말했다.
너를 만나 딱히 할 일이 없어도 너를 만나는 시간은 필요했을 것이다.
전화를 걸어 딱히 할 말이 없어도
너와 통화를 하는 시간은 필요했을 것이다.
왜 그때는 미처 알지 못했을까?
말하지 않으면 알 수 없는 감정들이 그렇게 만드는 것을…….

낯선 곳에서 버스정류장을 찾아 20킬로미터나 되는 거리를 걸으며
이곳에 괜히 왔다는 후회를 하더라도
혼자서 절대로 식당에 들어가지 못하면서도
혼자만의 여행을 하는 시간은 필요한 것이다.
돌아갈 곳이 있음에 안도하고
혼자만의 여행을 마치고 돌아가면 밥 한번 먹자는 약속을
즐기는 나를 어느덧 발견하게 된다.

일도 사람도 그렇게 쉽게 버리는 것이 아니라고 말하던 그녀가
나를 앞에 두고 자신의 이야기를 꺼내놓았다.
누구에게도 말하지 못했을, 감당할 수 없는 아픔을 쏟아냈다.
그녀의 이야기를 들으며
내 머릿속은 그녀에게 해줄 수 있는 일을 찾느라 분주했다.
내 마음속에 하나하나 모아두었던 네잎클로버를 건네주고 싶었다.
만나고 헤어지는 일에서 자유로워졌다고 생각하면서도
매번 가슴이 흔들린다.

우리는 필요한 시간을 살고 있다.
때로는 모든 것을 놓아버리고 아무것도 하고 싶지 않은
그 시간도 우리에게는 필요한 시간이다.
그리고 나에게 '여행'을 선물할 시간이 다가왔음을 느낀다.
어디든 가야 할 시간이, 그 순간이 또 찾아왔다.

#003
그렇게 알고
살아간다

필리핀의 보라카이 사람들은 'Mango Shake'의 한국말이
'망고이 들썩'으로 알고 있다.
망고 셰이크라고 말하고 쓰는지 전혀 모르고 있다.
'Take out'은 '꺼내다'라고 알고 있다.
'포장'이라는 의미가 있는지도 모를 것이다.
보라카이에 한국 사람들이 들락날락하고, 심지어 그곳에 살고 있는데
아무도 제대로 알려주지 않았다는 것이 놀랍기만 하다.
'Mango Shake'가 '망고이 들썩'이어도, 'Take out'이 '꺼내다'라는
의미여도 상관없다. 시원하고 달콤한 망고 셰이크를 마실 때에는…….

나에게 꺼내 보인 당신의 마음이 본심과 살짝 다르다고 해도
상관없어요.
내 마음대로 오해하고 살았다고 해도 상관없어요.
그러니 당신은 너무 힘들어하지 말아요.
다 그렇다고, 모두 똑같을 거라고 생각하며
그렇게 알고 살아가는 것이 좋을 것 같아요.
상관없을까? 상관없어요.
다, 그렇게 알고 살아가요.

#004

말했잖아요!

이상하게 아침부터 기분이 좋다.
도쿄 세타가야구 카미키타자와 동네를 아침부터 걷고 있다.
가슴 속에는 언제부턴가 큰 구멍이 하나 생겼는데, 그 사이로
새어나오는 슬픔을 쏟아지는 햇살이 따뜻하게 막아주고 있다.
그런 느낌이었다. 해마다 한 번은 꼭 도쿄에 온다, 버릇처럼. 나에게
도쿄는 새어나오는 슬픔을 막아주는 따뜻한 햇살 같다고나 할까.

일본은 지겹지 않느냐고, 4년이나 살았으면 이제 그만 좀 가라고.
도쿄에 다녀온다는 말에 대한 반응이다. 하지만 4년 동안은 여행이
아닌 삶이었기에, 어떻게 해서든 지지고 볶고 살아가야 했을
시간이었으니 도쿄 여행을 하고 싶은 건지도 모른다.

감색 수트를 입고 지하철역으로 가는 사람을 보며
"오늘도 수고해요."

교복을 입고 가방을 어깨에 대충 걸치고 걷는 학생을 보며
"오늘도 공부 열심히 해요."

조용히 인사를 건네본다. 한 발자국 한 발자국 소중히 걸어도 본다.
발을 보며 걸으면 앞뒤로 움직이는 건강한 두 다리가 마치 반복
재생되고 있는 노래 같다는 생각을 한다.
공원에서 할아버지가 벚꽃 나무 앞에서 한참을 서 계셨다.
'어서 피어나거라' 다독이는 눈빛으로. 조금은 쓸쓸했던 뒷모습은
따뜻하기도 했다. 그냥 대단한 거 필요 없고 오늘만 같아도 좋으니
이런 날이 하루만 더 있었으면 좋겠다 싶다.
유난히 기분이 좋은 아침이다.

어디를 가야할지 정하지도 않고 집을 나와 전차를 타고 롯폰기역에서
내렸다. 미드타운을 산책하고 미술관에 갔다. 한참을 서서 뚫어져라
보고 있어도 별 감흥이 없었던 그림을 몇 점을 보고, '수지스'라는
브런치 레스토랑에 가서 샐러드 한 접시를 먹고 커피를 세 잔이나
마셨다. 이태원에 있는 브런치 레스토랑 '수지스'가 일본 롯폰기에도
있다. 꼭 가보라 하던 지인의 말에 일부러 간 것이기도 하지만, 대낮의
롯폰기는 매력 있으니까. 미리 말이 전달되었는지 식사 값을 받지
않겠다고 하셨다. 비싼 커피도 세 잔이나 마셨는데 그럴 수 없다 해도
한사코 거절하신다. 감사하고 미안한 마음에 블루베리 파이를
한 조각 샀다(물론 그 파이 값도 받지 않겠다고 했다).

그 따뜻한 마음을 내 마음 속 두 번째 서랍에 넣고 레스토랑을 나와
다시 걸었다. 걷다가 벤치에 앉아 블루베리 파이를 먹었다.
배가 고파서가 아니라 블루베리 파이가 식지 않길 바라는 마음에서다.
아직 따뜻하다. 맛있다. 바삭하고 따뜻한 블루베리 파이에 온 몸에
행복이 퍼지고 미소가 번진다.

"행복해 미치겠다. 내가 이럴 줄 알았어.
말했잖아요.
오늘은 이상하게 아침부터 좋았다고."

#005
라디오처럼

말로는 표현할 수 없는 고독이 이 도시 전체에 깔려 있다. 잔잔하게
이는 파도처럼 잔잔하게 고독이 일고 있다. 이 도시의 사람들은
도대체 무슨 일을 하며 사는지 궁금하다. 카페에 앉아 천천히 커피만
마셔도 하루가 금방 가는데, 도대체 무슨 일을 할 수 있을까.

따뜻한 카페라떼를 주문하고 테라스로 나와 앉았다. 스위스에서
왔다는 옆 테이블의 할아버지와 인사를 하고 서로의 이름을 나누었다.
그러더니 '이야기하고 싶었는데 마침 너 잘 왔다'는 눈빛으로 끊임없이
말하기 시작했다. 말이 너무 빨라서 제대로 알아들을 수도 없었다.
마치 주파수가 잘 맞지 않아 지지직대는 라디오처럼 내가 듣고 있는지
아닌지 신성도 쓰시 않고 말했다.

　"메이, 내 말 좀 들어봐. 아니, 글쎄 아침에 호텔에서 나와 걷는데,
　한참을 걷다보니 호텔이 어딘지 기억이 안 나는 거야.
　물론 호텔 이름도 모르겠고. 걸어온 길을 되돌아 가보려는데,
　이 골목 저 골목으로 걸어와서 그것도 못하겠더라고. 환장하겠더라고.
　아 그런데 지금은 기억이 났어. 다행이지. 마음이 편해졌어.
　허허허, 그런데 이름이 뭐라고 했지?
　응 그래, 메이. 메이는 이제 뭐 할 거야? 어디로 갈 거야?
　같이 감자수프 먹으러 가지 않을래?"

너무 앞선 미래의 일은 아직 걱정하지 않아도 괜찮다. 스위스에서
왔다는 이 할아버지처럼 지금 당장 눈앞의 것만 생각하면 된다.
오늘 밤 돌아가서 누울 곳이 어디인지, 이 시간 이후에 무엇을 할지,
그 생각만 하면 된다.
혼자 신나게 웃으며 이야기를 하고 있는 할아버지를 보면서,
삶이라는 것이, 아니 오늘 하루가 마치 라디오 같다고 생각했다.
라디오에서처럼 사연을 읽어 내려가고 음악으로 위로를 주고받고
때로는 초대 손님도 오고 그렇게 채워지고 이별하며 고독한 오늘
하루를 견딘다.

"비록 저 멀리 너에게는 내 방송의 주파수가 맞지 않아
잘 들리지 않을지라도.
라디오처럼 내 마음을 전해본다.
더도 말고 덜도 말고 그냥 지금 당신,
잘 지내고 있나요?"

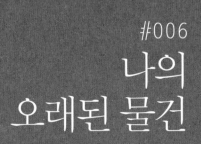

006

나의
오래된 물건

나의 오래된 ipod에는 2000여 곡이 담겨 있다.
시간이 지나도 바래지 않길 바라며 좋아하는 곡을 담아두고
지금은 자주 사용하지는 않지만 나의 ipod는 8년째 노래를 담고 있다.

작업실 테이블 왼쪽 구석 TDK 스피커에 꽂아두고 라디오가 지겨워질
때면 음악을 듣는다. 지금은 어떤 폴더에 어떤 곡들이 담겨 있는지
기억하지 못하지만 내가 사랑하는 곡들이 담겨 있다는 것만은
확실하다.

사람은 각각 하나의 음악이다.
누군가는 이렇게 말했을 것이다.
새 폴더를 하나 만들어 〈Life〉라 이름을 붙이고
폴더 안에 음악을 채워 넣는다.
아니, 사람을 채워 넣는다.

나의 오래된 ipod에 사진 속 할아버지도
하나의 음악으로 채워졌을 것이다.
그렇게 우리는 오래된 사람이 되어 간다.
그 안에는 닳고 닳은 가슴도 있을 것이다.
고장 난 채 움직이지 않는 먹먹한 가슴도 있을 것이다.

#007

빨간
주전자

도쿄에 살고 있는 친구의 오래된 아파트 한 켠에는 오래된 집보다
조금 더 오래된 작은 부엌이 있다. 그리고 가스레인지 위에 항상 놓여
있는, 오래된 부엌보다 더 오랜 시간 사용된 빨간 주전자. 그 무엇이든
따뜻하게 끓여줄 것만 같은 주전자가 있다.

친구는 아직 자고 있을 때 친구의 부엌을 잠깐 빌려 아침을 만들었다.
브로콜리를 데치고 달걀을 준비하고 빵을 잘랐다. 친구가 깰까
조심조심. 하지만 나의 조심에도 불구하고, 친구는 곧 일어났다.

자신의 익숙한 곳에 누군가가 서 있다는 것은 숙면의 상태에서도 벌떡
일어나게 하는 힘을 주는가 보다. 오래되고 익숙한 곳이 주는 낯섦은
분명히 존재한다.

오래된 것은, 시간이 많이 지났다는 것이 아니라 주어진 시간 중
가장 오랜 시간을 보냈다는 것이다. 오랫동안 나의 마음을 쏟았다는
것이다. 하루 동안 네 생각에 나의 온 정신을 쏟았다는 것이다.

"너에게 아침밥을 만들어주고 싶었어, 나의 오래된 부엌에서.
기억하고 있을지는 모르겠지만,
아침밥을 만들어주겠다는 약속을 지키지 못해서 미안해."

008

낯선 생일

그러니까 상황이 이상하게 돌아가고 있었다. 연초부터 계획에도
없었던 여행이라니. 사건은 그거 하나다. '연초부터 계획에도 없던
여행'을 가게 된 것. 나쁘지는 않지만 계획에 없었다는 것이 조금은
마음에 걸린다.

늘 갑자기 떠나고 하고 싶은 대로 제멋대로 사는 것 같지만,
나에게도 나름대로 계획이 있다. 2월 20일 밤 8시 30분 출발.
그리고 나의 생일이다. 외국에서 생일을 보낸 적은 많지만,
생일날 비행기를 타본 적은 없었다. 아, 그럼 기내에서 막 생일선물도
주고 케이크의 촛불을 끄는 서프라이즈 파티를 해주는 건가라는
생각이 들었다. 어디선가 본 거 같은데? 이 그건 영화였나.
꿈이었나(역시 그런 것은 없었다).

같이 여행을 간 사람들과 산미구엘 맥주와 망고 그리고 공항에서
산 컵라면으로 저녁상을 차렸다. 이것도 현지 식(食)이다. 현지에서
먹으면 다 현지 식이지.

라면도 다 익었고 맥주도 시원하게 지금 마시면 딱인데, 아직 2명이
오지 않았다. 내가 이래서 혼자 가는 여행이 좋다. 이기적이다 핀잔을
듣겠지만 사실이 그러하다. 기다려야 하고 반대로 사람들이 나를
기다리는 상황도 올 테니까. 피곤하기도 했고 얼른 들어가서 자고
싶은데 왜 이렇게 늦게 오는 거냐며 작은 목소리로 투덜거리고 있는
찰나, 불이 꺼지고 "Happy birthday to you~" 노래 소리가 들렸다.
어머! 두 손으로 얼굴을 감쌌다.
아직 맥주도 마시지 않았는데 얼굴이 붉어졌다.

늦게 온다고 투덜대서 미안했고,
일부러 케이크까지 사러 갔던 그 마음이 고마웠다.
케이크에는 긴 초 3개, 짧은 초 1개가 꽂혀 있다.
어디에 있든 내가 서른하나라는 사실은 이제 확실한 거다.

계획에도 없었던 여행으로 한 해를 시작하고,
나는 서른하나가 되었고, 이곳에도 케이크가 있다는 사실.
낯선 곳에서도 생일은 찾아온다는 사실.
그리고 지금을 살아가고 있다는 낯선 사실.
모른 척했었던 낯선 모든 것에서부터 익숙해지고 있었다.

#009

마음대로
할 수 없다

아일랜드 더블린의 템플바 거리를 걷고 있었다. 이곳에서 지내는 동안 8할은 비가 내렸다. 이젠 오히려 비가 내리지 않으면 이상할 정도로. 평온한 날이 계속되면 불안해지는 느낌이었다. 그날 오후에도 비가 조금씩 내리고 있었는데 우산은 꺼내지 않고 계속 걸었다. 답답할 때면 걷는 척하면서 걷는 것이 버릇이다. 대수롭지는 않은 거지만 이건 나만의 기술이다. 걷는 척하면서 걷는다는 건 목적지를 향해 걷는 것이 아니라 생각을 하기 위해 걷는 것이다.

20대에 늘 고민하고 방법을 간구했었던 삶과 문제들이 아직도 해결되지 않는다. 해결되지 않는다라기보다는 같은 고민을 지금도 하고 있다는 점에서 나는 참 사는 게 서툴구나 싶다.

아직도 어떻게 살아야 할지 도통 감이 오지 않는다. 늘 이렇다. 하지만 아무리 생각해보아도 어떤 문제 같은 것은 가지고 있지 않았다. 단지, 선택은 늘 스스로 해야 했고 책임 또한 나에게 있었던 거다.

모든 일은 내 쪽에서 조금만 다르고 어긋나게 생각하면 그리 힘든 일도 아니었다. 마음먹은 대로 어느 정도 할 수는 있지만 살아야겠다, 죽어야겠다는 결심은 마음대로 할 수 없었다.

지치더라도 삶은 계속 되어야 했고,
계속해서 살아가는 일을 하지 않으면 안 되었다.
비록 삶은 지쳐가는 것일지라도.

010

Give
and Take

사람을 만난다. 이야기를 듣고 이야기를 한다. 캄캄한 밤길을 걷고 바람의 냄새를 맡고, 혼자 비 내리는 가로등 밑을 걷다가 입 밖으로 소리 내서 말해본다.

"All is well(다 잘될 거야)."

다 잘될 거라 믿고 확신하면서도 바람만 불었다 하면 흔들리는 나뭇가지처럼 흔들리고 있었다. 내 주변의 모두가, 예민하고 감정에 솔직한 나를 이해해주면 좋겠다는 바람은 갖지 않는 편이 좋을 거라 스스로에게 타일러본다.

스스로 생각하는 이론만 가지고 여기저기 갖다 대고 맞추고 하니까 될 일도 안 될 거란 생각.
내 쪽에서 줬으니 받아야 한다는, 그래 '기브 앤드 테이크'를 하려고 하니까 늘 손해 보는 거란 생각.
돈으로는 사람을, 사랑을 살 수 없어서 천만 다행이라는 생각.

그런데 누군가 그랬다. '기브 앤드 테이크'를 잘하는 사람이 잘 살아가고 있는 거라고. 차라리 조금은 손해 보면서 사는 게 속 편하다는 의미일까?

바람이 세게 몰아칠 때 조금씩은 흔들리고 힘들어해야 하는 것이, 바람과 나 사이의 기브 앤드 테이크는 아닐까 생각해본다.

#011
망각의 시간

잊고 싶어도 잊히지 않는 순간과
잊을 수 없는 순간이 분명히 있음에도 불구하고
때로는 '망각'이라는 실수를 저지르고 만다.

피아노를 계속 했어야 했다는 친구는, 혹시 만약에
과거로 돌아갈 수 있다면 그때로 돌아가고 싶다고 했다.
포기해야 했던 그 순간을 잊지 않고 있다.

나에겐 돌아가고 싶은 순간은 없다.
사실 있지만 없다고 말하고 싶다.

"지나간 힘든 시간은 이제 잊어도 괜찮아요.
그거 마음속에 쟁여두면 뭐해요.
꽉 차버려서 다른 기억들이 들어갈 자리가 없으면 안 되잖아요."

#012
서툰 사람

오래되고 소중한 사람일수록 잘해야 한다.
'나를 잘 아는 사람이니 하고 싶은 대로 대해도 이해해주겠지'라고
생각했었던 적이 있다. 그런데 그건 아니다. '보상심리'라는 말을
이 상황에 써도 되는지는 모르겠지만 어쩌면 우리는 서로에게
보상심리가 작용하게 된다. '너를 이만큼 이해해주는 오래된 사람이니
너도 나에게 이만큼은 해줘야 한다.'

다른 사람들은 모르겠지만 내가 그랬던 것 같다. 한없이 아끼고
소중한 친구인데 가끔 이해할 수 없는 행동에 놀라고 이해할 수 없었던
적이 있었다.

오랜 친구에게 전화가 왔다. 받자마자 대뜸, 화를 낸다.
"아니 어떻게 네 소식을 다른 사람을 통해서 들어야 되는 거냐.
우리가 그런 사이였냐?"
"야, 너는 무슨 전화를 받자마자 따지고 드냐?"

당황한 나머지 나 역시 친구에게 화를 냈다. 서운했냐며 연락
못해 미안하다고 한마디만 하면 될 것을 괜히 손톱을 세워버렸다.
서운해하고 화를 낼 수 있는 친구의 따뜻한 마음이 전해진 걸까,
버스정류장에서 걸어오는 내내 춥지 않았다.
그러고 보니 친구가 봄을 가져다준 것 같다.
소중한 사람에게 내 마음을 전하는 일에는 늘 서툴다.

#013
부암동

유난히 봄이 길다 싶다.
오뉴월의 감기는 개도 안 걸린다는 말을 듣는 것도 이제는 진력난다.
감기로 고생하는 내가 안쓰러웠을 거다.
개만도 못하다는 소리는 아닐 거다.

별 일 없이 살고 있다고는 하지만 숨이 턱턱 막힌다.
날 좋은 5월에 조용하게 커피를 마시다가도 숨이 턱턱 막힌다.

숨통을 좀 트고 싶어 강원도 영월에 간다는 나를 꾸역꾸역 데리고
북촌 마을을 보여주고는 산꼭대기에 있는 카페로 데리고 갔다.

이렇게 좋은 곳, 숨통이 트이는 곳을 나에게 보여주고 싶었던 건지,
이런 좋은 곳을 알고 있었다 으스대고 싶었던 건지,
혼자 오기는 싫어서였는지,
나는 아직도 모르겠다.

유난히 긴 봄날 부암동에 있었다.
다시는 가지 않을 산꼭대기 그곳에 내가 있었다.

영월에 갔었어야 했다.
혼자 영월에 갔었어야 했다.
청록다방에서 쌍화차 한잔 마셔봤어야 했다.

유난히 봄이 길면 오뉴월에도 감기에 걸린다.

014

음악이 되어
돌아올게

"아이슬란드?"

"아니, 아일랜드."

"아일랜드? 거기가 어디야?"

"영국 옆에 작은 나라. 왜 있잖아, 영화 〈Once〉."

"아 원쓰~ 근데 거긴 왜 가?"

"그냥 산책하러."

"야, 너는 진짜 한량이다. 선물 사 와."

(네, 그래요. 사람들은 제가 아일랜드에 자기 선물 사러 가는 줄 알고
있습니다.)

그냥 가고 싶었다고 대답한다면 누구에게든 원하는 대답이 아닐 거다.
그런데 정말 그냥 가고 싶었다. 어떤 곳인지 전혀 감이 잡히지 않는
나라. 10년 전쯤 드라마 〈아일랜드〉를 보고 아일랜드라는 이름이
너무 예뻐서 기억하고만 있었지, 그곳이 어떤 곳인지 전혀 몰랐다.
드라마 〈아일랜드〉를 너무 좋아해서도 아니고 영화 〈Once〉에서
보았던 거리를 걷고 싶어서도 아니라 그냥, 그냥 아일랜드 더블린에
가고 싶었다.

더블린에서 지낼 집을 찾았다. 물론 아는 사람은 없다. 지인의 회사
후배가 더블린에서 워킹비자로 머물고 있다는 것을 겨우 알았고,
그 후배의 전화번호만 달랑 들고 떠났다. 하지만 그분의 도움을
받거나 연락을 할 생각은 없었다. 마치 보험처럼 그냥 전화번호만
알고 있다는 것 자체로 조금은 안심이었다. 아니, 꽤 안심이 되었다.

무엇을 먹고, 무엇을 하고, 보기보다 단지 나 자신이 하나의 음악이
되었으면 했다. 그냥 그랬으면 좋겠다는 생각을 했다.
들어도, 들어도 질리지 않는 음악이 되고 싶다.
그렇게 되기만 한다면 당신도 나를 잊을 수 없을 거다.

집에서 키우던 식물에게 물을 주면서
그리고 강아지 페이를 안고 쓰다듬으며 인사를 했다.

"죽지마, 아프지마, 금방 돌아올 거야."

#015
어디까지
가세요?

네덜란드 항공 KL0866편을 타고 암스테르담으로 가는 비행기 옆자리에는 긴 생머리의 여자가 앉아 있었다. 장거리를 갈 때 나는 창가에 앉지 않는다. 화장실에 가거나, 스트레칭을 위해 자리에서 일어날 때 창가에 앉게 되면 통로 쪽 사람을 일으켜 세워야 하기 때문이다. 남을 불편하게 하기는 싫다. 차라리 내가 통로 자리에 앉아 자리를 비켜주는 편이 훨씬 마음 편하다.

그렇게 나는 통로 자리에 그리고 그녀는 창가 자리에 앉았고, 그녀와 나 사이에는 아무도 앉지 않았다. 갑자기 궁금해졌다. 어디로 가는 걸까? 네덜란드에서 유학 혹은 직장생활을 하는 남자친구를 방문하는 걸까, 나처럼 혼자 여행을 하는 걸까, 네덜란드에 사는 사람일까, 너무 궁금했지만 물어볼 수는 없었다. 두 번의 기내식을 먹을 때에도 와인을 마실 때에도 승무원에게 식사를 대신 받아 건네주면서도 말 한마디 하지 않았다. 아니, 하지 못했다.
지친 비행의 끝, 비행기가 착륙 준비를 할 때 그녀는 화장을 고치기 시작했다. 그래서 확신했다. 공항 입국 심사대 건너편엔 그녀의 연인이 기다리고 있을 거라고.

나의 목적지는 아일랜드 더블린이었기에 암스테르담에서 입국 심사를 마치고 에어링구스 항공으로 갈아타야 했다. 주섬주섬 짐을 챙기는 사이 그녀는 홀연히 사라졌다. 나도 모르게 말 한마디 붙이지 못했던 그녀가 마음에 걸렸다. 자취를 감춘 그녀가 남긴 자리를 보며 씁쓸한 웃음이 나왔다.

11시간을 옆자리에 계속 앉아 있으면서 '어디까지 가세요?' 묻는 것. 그 물음 하나가 긴장하고 있는 장거리 비행을 조금은 편하게 해줄 수 있었을 텐데. 기내에서 와인 마실 때 외롭지 않았을 텐데. 하지만 그게 그렇게도 힘들었다.

"저, 어디까지 가세요? 전 아일랜드 더블린으로 가요. 10년 전부터 가고 싶었던 곳이거든요."

내 쪽에서 먼저 긴장을 풀어주는 거다. 왜냐고요? 우리는 한 비행기를 탔으니까. 그것도 내 옆자리에 당신이 있었으니까. 더블린으로 가는 내 마음이 너무 비장했고 긴장하고 있었고 씁쓸했으니까.

"당신은 어디까지 가세요?"

#016
괜히 왔다

기내에서 감기에 걸렸다. 떠나오기 전에도 감기 기운이 있긴 했지만 목이 퉁퉁 붓고 기침이 나기 시작하더니 급기야 목소리까지 나오지 않았다. 촌스럽게 기내에서 감기에 걸리다니……

암스테르담에서 에어링구스로 갈아 타고 더블린 공항에 도착.
계획된 시간에 잘 도착했고 짐도 잘 찾았다. 그리고 계획대로 택시를
타고 드라이버에게 주소를 보여주며 26 Mckee Rd.(매키로드)로 가자고
말했다. 드라이버는 친절하게 안내해주며 자신을 소개했다.
평생을 더블린에서 살아온 존 할아버지.
한국에서 미리 예약하고 온 집 앞에 도착했다. 존은 서둘러 내리더니
현관문을 두드린다. 그렇게 인터넷으로 집을 예약하고 심지어
결제까지 하다니. 요즘은 나쁜 사람들이 많아 조심해야 한다며,
택시 안에서 계속 걱정을 하고 있었던 터라 먼저 확인을 하고
싶었던 것 같다.
그런데 집에 아무도 없다며 존이 불길한 표정으로 차로 되돌아왔다.
'에? 아무도 없다고? 이미 한국에서 결제도 다 하고 왔는데. 아무도
없다고?'
분명히 출발 전에 더블린 시간으로 밤 10시에 도착한다고 이메일도
보내고, 조심히 오라는 회신까지 받았는데? 아니, 돈이 문제가 아니라
몸도 안 좋고 당장 쉬고 싶은데 뭐하는 건가 싶었다.

사기를 당했다 쳐도 상관없었다. 일단 따뜻한 물에 씻고 자고
싶었으니까.
집 주인에게 전화를 해보았지만 받지 않았다. 집 주소가 맞는지
확인을 하는 찰나 휴대전화의 전원이 나갔다. 다리에 힘이 풀렸다.
존은 여전히 내 옆에서 기다려주고 있었다.
존의 전화기로 집 주인에게 전화를 계속 거는데 역시 받지 않자
더는 무리라는 표정으로 존이 묻는다.
"메이, 이제 어떻게 할 생각이야?"
"시내에 있는 호텔이라도 가야겠어요. 일단 저 얼른 따뜻하게 쉬고
싶어요."
존은 흔쾌히 시동을 걸었다. 이미 택시비는 40유로를 넘어갔다.
택시비는 상관없었다. 아니, 일단은 쉬고 싶은 마음에 택시비를
걱정할 여유가 없었다. 사기를 당했다면 보상을 요구하거나, 보상을
받지 못하게 되더라도 그냥 넘길 수 있을 것 같았다. 하지만 내 몸이
아픈 것은 나에게 치명적이기 때문에 그대로 놔두어서는 안 되었다.

유스호스텔로 들어갔던 존이 종이 한 장을 가지고 차로 달려온다.
"침대가 4개, 6개, 8개짜리 방이 오늘 밤엔 13유로래. 스페셜
가격이라는데 어때?"
"혼자 쓸 수 있는 방은 없대요?
"응, 오늘 밤에는 없대."
그렇게 오고 싶던 아일랜드 더블린에 왔는데 그 순간 내가 의지할
사람은 택시 드라이버 존밖에 없었다. 지금 이 모든 상황을 존에게
맡긴 채 차 뒷자리에 앉아 있는데, 덜컹덜컹 몸이 흔들리는 리듬에
맞춰 머리카락이 흔들리는데 눈물이 났다.
그렇게 흔들대며 가고 있는데 존의 전화가 울린다. 내가 도착하는
시간을 착각해서 잠시 외출을 했다는 집 주인. 이제 집으로

돌아왔으니 어서 오라고.

집 앞에 차를 세우고 짐을 꺼내주며 존은 말했다.

"메이, 무슨 일 생기면 나에게 전화해. 정말 사소한 어떤 일이 생겨도 전화해. 혼자서 당황하지 말고. 시내에서 혼자 커피 마시기 싫을 때 전화해도 좋아. 알았지?"

그 말이 너무 따뜻했다. 감기가 낫는다면 기내에서 먹은 감기약이 아닌 존의 따뜻한 마음을 한 알 받아 삼켰기 때문일 거다.

집 주인은 나에게 정말 미안한 듯 사과했다. 지내게 될 2층의 구조와 설명을 간단히 듣고 집 열쇠를 건네받고 그녀가 권하는 홍차를 마셨다. 같이 내온 쿠키는 상당히 눅눅했지만 홍차는 따뜻했고 기분이 좋았다. 샤워를 하고 침대에 누웠다.

춥다. 이놈의 집구석.

음악을 조용하게 틀어놓고 뒤척이며 잠에 들려고 하는 찰나 아차 싶었다.

'아. 괜히 왔나.'

017

더블린에서의
찝찝한 홍차

아침에 일어나서 아침밥을 먹으려고 주방으로 내려갔다.
아침에는 빵 한 조각이라도 먹으려고 노력하고 있다. 아침을
챙겨먹는다는 건 오늘 하루도 힘내서 행복하겠다는 뜻이라 생각하고
있으니까. 나를 위해 빵을 굽고, 커피를 내리고 때로는 과일을 깎는다.
여행을 왔다고 해서 아침식사 룰이 무너져서는 안 된다.
부엌으로 내려와 보니 냉장고에 먹을 게 하나도 없다. 냉장고에 있는
거 아무거나 다 먹어도 된다고 말할 때부터 알아봤다. 아니, 있긴
있는데 양상추가 반 이상 썩어 있으면 더 이상 볼 것도 없는 거다.
어차피 오후에 장보러 갈 거니까 일단 대충 차라도 한잔 마셔야겠다는
생각에 전기포트에 물을 채우는데 바닥에 모래 같은 가루가 내려앉아
있다. 그것도 꽤 많이.
'오 마이 갓, 이거 뭐지?'
포트를 깨끗이 씻어 사용하면 되겠다는 생각보다, 지난 밤 따뜻하게
잘 마셨던 홍차가 생각났다.

어제 조앤은 여기에 내가 마실 홍차 물을 끓였을 거다. 분명하다.
왜냐하면 어젯밤 물이 다 끓었다는 탁– 소리를 들었다.
'아, 쇼크.'

이미 감기도 심하게 걸려 있었고 지난 밤 잠자리도 추워서 몸 상태가
너무 안 좋다. 그렇게 오고 싶던 더블린에 왔는데 의욕도 안 생기고
하염없이 우울하다.
그렇다 하더라도 움직여야 한다. 도대체 이 나라에 내가 왜 와 있는지
봐야겠지. 어쨌든 지금 아일랜드 더블린에 있으니까. 이미 찝찝하고
따뜻한 홍차도 마셔버린 사람이 이제 와서 뭘 어쩌겠나 싶은 마음이
컸던 건 사실이었다.

018

조앤의
부재중 전화

아담한 2층집. 조앤에게는 빨간 피아트 자동차가 있다. 직업은
보험설계사이고 용돈벌이로 여행자에게 집을 렌트해주고 있다.
나에게는 2층 구석의 작고 작은 방 하나가 주어졌다.
정말 작고 작은 방이지만 커다란 창문이 꽤 마음에 든다.

조앤에게 "영어를 잘 못해서 미안해. 다 잊어버렸어"라고 하자,
"아니야, 괜찮아 일본 사람들은 원래 영어 잘 못하잖아"라고 말한다.
"응, 그런데 나 한국 사람이야."
그래도 조앤은 마지막까지 나를 일본 사람이라 생각하고 있었다.

사실, 조앤의 집에 도착한 날 밤 조앤은 감기에 걸린 나에게 알약
하나를 건넸지만 먹지 않았다. 아직도 그대로 가지고 있다.
그녀가 건네는 알약이 무슨 약인지도 모르고 '감기약이겠거니' 하고
먹을 만큼의 신뢰는 없었기 때문이다.

나를 그렇게 고생시켰는데. 내 택시비 60유로를 줄 것도 아니면서,
얄미웠다. 그리고 조앤은 아직은 신뢰할 수 없는, 뭐랄까 뚜렷한
특징이 없는 얼굴을 하고 있었다.

어느 일요일 아침, 조앤이 분주하다. 쿵쾅쿵쾅! 조앤은 체구가
커서 조금만 움직여도 온 집안이 울린다. 무슨 일인가 내려와 보니
거실에서 침대 시트를 다림질하고 있었다.

"무슨 일이야? 오늘은 아침부터 바쁘네?"
"응, 영국에서 손님이 오거든."
"남자?"
"응!!!"

느낌표 3개.

그럼 그렇지. 남자라서 그렇게 다림질까지……. 내 방의 침대 시트는
다림질이 되어 있지 않았었다. 침대 시트를 열심히 다림질하는 조앤의
뒷모습이 어쩐지 서운하다.
조금은 들뜬 모습이 귀엽기도 하고.
그런 조앤의 집 거실에는 유선전화기 한 대가 놓여 있다.
처음 봤을 때부터 계속 전화기에서 빨간 램프가 깜박이고 있었다.
조앤은 부재중 메시지 확인을 하지 않는다.
확인해봤자 뻔한 사람이겠거니 하는 건지,
급하면 다시 하겠지 하는 건지는 잘 모르겠지만
조앤의 태평함이 부러웠다.

지나간 부재중 메시지를 확인하는 것보다 지금을 살아가는 일이 더
중요했을 거다. 예를 들면 사과를 깎아 먹는 일이라든가, 손님(남자)을
위한 침대 시트 다림질이라든가.

지나간 부재중이었던 사람을 다시 찾아나서는 일보다, 지금 내 눈앞에
있는 사람을 알아가는 일이 중요하다는 것을 침대 시트를 다림질하는
조앤의 뒷모습을 보면서 깨달았다.

아직도 변함없이 조앤의 전화기에는 부재중 메시지의 빨간 램프가
깜박이길 바라며…….

#019
그렇게
충분했다

햇살이 충분히 쏟아지는 거실 창문 앞 테이블에 앉아 아침밥을 먹는데
메시지가 도착했다는 알림이 뜬다.

"언니 언제 돌아와요?"
"글쎄, 언제 가지?"
"지금 뭐하고 있어요?"
"밥 먹고 있어. 뭐 물론 빵이지만."
"괜찮아요?"

대답하지 못하고 그대로 테이블에 엎드려 한참을 울었다.
무작정 회사를 그만둔 것이 후회스러웠다. 똑똑한 사람들은 새 직장
구해놓고 여행을 떠나는데, 나는 생각도 않고 일을 저지르고 말았다.
남들은 입사하고 싶어도 못하는 그 회사를 그만뒀으니 나도 참 나다.
다시 생각해보라고 몇 번을 잡아주었는데도 그만두고 말았다.

유난히 쏟아지는 아침 햇살이 좋아서,
괜찮은지 물어봐주어서,
흐르는 음악이 너무나 좋아서,
너무나 대책 없는 백수라서,
엎드려 울 이유는 충분했다.
그렇게 살아갈 이유는 충분했다.

#020

외롭지
않아요?

"더블린은 마음에 드세요?"
이 메시지를 아직 '읽지 않음'으로 해두었다.
부담을 주기 싫었고, 그렇다 그렇지 않다 대답하기 어려웠다.

"혼자 외롭지 않아요?"
못 들은 척해본다.
필요 이상으로 친절하게 응대하기 싫었고
그렇다 그렇지 않다 판단하기 어려웠다.

외롭지 않은 걸까.
이젠 외롭지 않아도 되는 걸까.
외로운 게 무슨 죄도 아닌데 외롭지 않느냐는 물음에
늘 대답할 수 없어진다.

#021
크고
작다는 것

열정이라는 것은 크고 작음의 문제가 아니라 있고 없고의 문제이다.
믿음이라는 것이 그러한 것처럼 믿고 있느냐가 중요하고
열정이 있느냐가 중요하다.
크다 작다는 건 어디까지나 타인의 시선에서 정해져버리는 거니까.

#022
Long slow distance

게으른 것과 느리다는 것은 달라요.
당신도 조금 느린 것뿐이니 괜찮아요.
천천히 달려야 오래 달릴 수 있어요.
그래야 당신이 생각하는 그 끝까지 갈 수 있어요.

#023
짧으면
짧을수록

사랑할 수 있는 시간은 짧았으면 좋겠다.
애틋하고 아쉬워 그 시간만 되면 사랑에만 집중할 수 있으면 좋겠다.

시간은 짧으면 짧을수록 사랑의 소중함을, 꿈의 소중함을
아니 무엇보다 시간의 소중함을 일깨워줄 것이다.

다시 일상으로 돌아갈 시간이다. 다시 사랑하고 싶은 시간이다.

#024
이유

험하고 거친 길을 걸으면서도 힘들지 않았던 건
나를 향한 믿음과 도착하는 그곳에 네가 있을 것이란
확신 때문이었다.

도착하는 그곳은 늘 힘들었다.
나를 향한 굳건했던 믿음이 도착하기도 전에 무너졌고,
무엇보다 그곳에는 네가 없었다.

#025
서 있다

한강 변을 따라 달리는 것을 좋아해요.
자동차도 불빛도 바람도 강물도 이어폰에서 흐르는 노래도
어디론가 흘러가고 있죠.

그래요.
나 하나쯤은 멈춰 있어도 좋아요.
지금은요.

026

어느
멋진 날

가끔은 생각해요.

내가 삶을 여행하지 않았더라면 당신을 만날 수 있었을까.

곧 죽어도 새로운 곳으로 가야겠다는 고집을 부리지 않았다면

지금 당신은 내 옆에 있었을까.

참 좋은 날이죠.

멋진 날이에요.

당신을 만나지 않았더라면 더 좋았을

어느 멋진 날에.

취하다

술이 아니라 사람에 취하지 싶다.

사람이 아니라 향기에 취하지 싶다.

향기가 아니라 바람에 취하지 싶다.

바람이 아니라 이 밤에 취하지 싶다.

밤이 아니라 계절에 취하지 싶다.

계절이 아니라 술에 취하지 싶다.

술이 아니라 당신에게 취했나 싶다.

#028

키우기 힘든
식물

햇볕을 좋아하고
물을 좋아하고
바람을 좋아해서
키우기 어려운 식물,
율마

좋아하는 게 많고
싫어하는 것도 많고
하고 싶은 것도 많아서
살기 어려운 사람,
나

#029
가끔은

가끔은 무너져야 다시 일어날 수 있고,
가끔은 아파야 건강해져야겠다는 생각을 하게 된다.
늘 아파하고 있는 사람과
늘 무너져 있는 사람을 보면 가슴이 아프지만
그런 생각이 들 때가 있다.

여름

꿈이라는 말,
희망적이고
행복하기도 하지만
슬픈 단어 같아요.
잠에서 깨어
지난 밤 꿈을
떠올릴 때면
늘 아쉽잖아요.
꿈속에서 보았던
당신을
내가 지금 당장
만날 수 없잖아요.

어찌하여 저는
'한여름 밤의 꿈'이라는 말이
이렇게도 슬플까요.

#030
한겨울의
밤

한겨울, 따뜻한 나라에 와 있다. 5시간 비행 후 버스를 타고 1시간,
작은 배를 타고 20분을 건너왔는데 상상했던 것만큼 좋다.
나는 때로는 너무 과하게 상상하는 편이다.

덥고 습하고 해가 쨍쨍하지만 자주 스콜이 오는 이 날씨 매력적이다.
마치 조울증처럼.
마치 나처럼.
솔직하다. 감정에 솔직한 이곳 날씨가 좋다. 여기서 한 달 동안 지내면
어떨까를 생각해보았다. 이른 아침 바다 산책을 하고 들어오는 길에
커피와 크루아상을 먹고, 글을 쓰고, 오후에는 스쿠버다이빙을 하고,
비치에 나가 책을 읽고, 저녁밥을 지어 먹고 음악을 들으면서 잠들기.
그렇게 한 달.

비위 약한 나에게 입에 맞는 이곳의 음식은 커피와 맥주뿐인데
괜찮을까?

하지만 이 정도면 충분하다. 굳이 달달한 망고를 먹지 않아도, 향신료
가득한 해산물 요리를 먹지 않아도 내 마음 위로해줄 따뜻한 커피와
말동무가 되어줄 시원한 맥주만 있으면 충분하지 않을까.
혹시 욕심을 부려도 괜찮다면 당신도 함께이면 좋겠다.

이런 생각으로 한겨울, 아니 한여름의 밤은 깊어갔다.

#031
그래봤자
여행

여행지에서 머무는 동안 최대한 단골 느낌이 나도록

가던 카페에만 가요.

그냥 그게 좋아요. 같은 시간에 같은 메뉴 그리고 같은 자리.

나는 이미 그곳의 단골손님인 거죠.

카페의 스태프와 인사를 나누고

오늘 아침 들었던 음악에 대한 이야기를 하거나,

날씨 이야기를 해요.

한국에서 왔고 지금 여행 중이며 언제 돌아간다는 등의

굳이 필요 없는, 아니 하지 않아도 되는 말은 하지 않아요.

'자유로운 영혼'이라 불릴 때마다 마치 죄인이 되는 것 같아요. 정말
자유로운 영혼을 가진 사람은, 저처럼 금방이라도 눈물을 쏟아낼 것
같은 접시 같은 눈을 하고 있지 않거든요. 잠을 자는 내내 불안함에
몸을 뒤척이지 않거든요.

저는 자유로워지고 싶은 영혼을 가졌어요. 그래서 여행을 좋아하는
척해요. 낯선 곳에 서 있다는 자체로 기분이 좋아지는 거 뭔지 알아요?
바람이 불어 머리카락이 날릴 때는 정말이지 너무 행복하죠.

저는 자유로워지고 싶은 영혼을 가졌어요. 그래서 여행지에서 머무는
동안 최대한 단골 느낌이 나도록 가던 카페에만 가죠.
그래봤자 다섯 번이었고, 그래봤자 여행이지만요.
사실은 정말 단골이 되고 싶은 거예요. 돌아가고 싶지 않은 거예요.
그래봤자 여행이어서 슬픈 거예요.

고등학생 때 엄마는 예쁜 복숭아 색의 헤어드라이어를 새로 샀다.
시커먼 손때로 예쁜 복숭아색이 사라질 때까지 엄마는
그 헤어드라이어를 사용하고 있었다. 불과 한 달 전까지.

2년 전쯤 헤어드라이어 앞부분이 떨어져 나갔다.

"엄마, 하나 새로 사!"
"바람이 이렇게 잘만 나오는데 뭐하러 새로 사니. 하여튼 너는 새로
사는 거 좋아한다니까."
"다음에 올 때 새로 사다줄게."

2년 동안 이 말만 했을 뿐, 매번 잊어버리고는 갈 때마다 아차 한다.
얼마 전 '전문가용' 헤어드라이어를 새로 샀다. 머릿결을 상하지 않게
보호해주고 단시간에 말려준다.
그럼 전에 쓰던 거는 어쩔까 생각하다 엄마 집에 가져가기로 했다.
어차피 엄마도 드라이어를 바꿔야 하니까.
"엄마, 드라이어 가져왔어. 앞으로는 이걸로 써."
부엌에 있는 엄마를 향해 말하며 서랍을 열었는데
아니, 글쎄 새 드라이어가 있다.
세월이 흘러도, 때가 타도 상관없는 시커먼 색의 헤어드라이어가.
부엌에서 고등어조림을 만들며 엄마가 나를 향해 외친다.
"지난주에 새로 샀다 얘. 기다려도 안 사다주길래."

가슴이 쿵! 한다. 아, 진작에 사다드릴걸. 새로 사온 것도 아니고
쓰던 거 가져온 주제에 부끄러워할 수도 없었다. 내 것은 늘 좋은
것으로 필요하면 바로 사면서 엄마에게 필요한 것은 늘 잊고 만다.
엄마를 생각하는 마음이 인색해진 걸까, 자식들은 원래 다 그런 건가,
미안함에 아무 말도 하지 못했다. 모르긴 몰라도, 앞으로 이런 일이
더 많아질 거라는 생각에 슬퍼졌다.

잘해야지 하면서도 그렇게 하지 못하는 건,
아니 그렇게 잘 되지 않는 건
세상의 모든 엄마는 천사이고,
자식들은 인간이기 때문일지도 모른다.

설악산
케이블카

오늘은 날이 흐려 잘 보이지는 않아 아쉽다는 안내 멘트를 들으며
설악산 케이블카를 타고 높이높이 올랐다.
케이블카에서 내려 권금성 정상까지 올라 보았다.
오르라고 있는 산이다.
올라와서 보라고 만들어놓은 길이다.

다시 내려오는 케이블카 안에서 한 할아버지를 만났다.
평생 지어 오신 농사일 덕에 갑옷보다 강한 피부를 얻게 되신
할아버지.
혼자 오셨는지, 어쩌다 일행과 떨어지게 되었는지는 모르겠지만
내려오는 케이블카 안에서 두 손으로 손잡이를 꾹 잡고
혼자 창 밖을 바라보고 계셨다.
엄마와 이런저런 이야기를 나누시다가, 머뭇머뭇 셔츠 주머니에서
사진 한 장을 꺼내 보이셨다. 정상에서 5천 원을 주고 찍었다는 사진.
그 속에는 권금성 정상에 꽂혀 있는 태극기 옆에 앉은 할아버지의
수줍은 미소가 담겨 있었다.

"잘 나온 사진을 왜 접으셨어요?"
엄마가 묻자, 할아버지는 수줍게 웃으시곤 아무 말 없이 다시 사진을
돌돌 말아 셔츠 주머니에 넣으셨다.
돌아가신 할아버지가 떠올랐던 건, 그 할아버지에게서 풍기던 막걸리
냄새와 햇볕의 냄새 때문만은 아니었을 거다. 돌아가신 할아버지의
지난 사진첩에 아직도 수두룩한 관광지에서의 기념사진이 생각났기
때문만도 아닐 거다.

나중에 엄마에게 들은 이야기인데, 그 할아버지는 5년 전부터
매년 설악산 케이블카를 타고 권금성에 올라와 똑같은 기념사진을
찍는다고 하셨다. 먼저 하늘나라로 간 할머니의 생신이 되면 산소에
가서 그 사진 한 장을 두고 오신다고 했다.
그런데 이상하게도 자꾸 그 사진이 없어진다는 거다. 하지만 이상한
일도 아닐 거다. 사진 속의 사람은 무거워도 가벼운 사진 한 장은
바람이 일면 어디로든 날아가버릴 테니. 그래서 할아버지는 매년
설악산 케이블카를 타신다고 한다.

오래도록 기억되고 기념이 되는 것은,
태극기의 양끝을 잡고 수줍게 웃고 있는 할아버지의 사진이 아니라
그 시절 그때 그 마음이 되리라는 것쯤은 나도 안다.

034

곁들이다

사는 건 곁들이는 거다.

잘 구운 식빵에 크림치즈를 곁들이듯,

짜파게티에 채 썬 오이를 곁들이듯,

비빔면에 골뱅이를 곁들이듯,

당신의 삶에 내가 곁들여져서

더 맛있는 짜파게티가 되고

더 맛있는 세상이 되는 거다.

#035
어쩌면
선택 장애

어렸을 때부터 대부분 결정은 스스로 해야 했다.
보다 더 나은 길을 일러주는 사람은 없었던 것 같다.
'넌 알아서 잘하니까' 이 말 하나로 늘 제멋대로인 사람이 되었다.

여행도 혼자 하는 게 좋다.
갈림길이 나오면 고민도 하지 않고 일단 오른쪽 길로 간다.
막다른 길이 나와 되돌아오더라도 나의 선택은 늘 그렇다.
이것은 선택 장애인가?

아무것도 의지하지 않고 나만의 결정으로 걷는 편이
오히려 편한 일이 된다.
그 누구도 탓하지 않게 되니까.
누군가를 탓하기 시작하면 미워하게 되니까.

그렇게 혼자 모든 것을 결정하면서
어쩌면 자신을 온전히 소유하는 법을 익히고 있는지도 모른다.
아니 어쩌면 이렇게 혼자 버려지는지도 모르겠다.

036

무가지 신문

ission to The
rgarden Festival with
3 Beers

GrabOne
www.GrabOne.ie/Dublin

TODAY'S GREAT
DUBLIN DEAL

Go for
Goldie
MetroLife
Weekend

'RUC used
abuse case
to pursue
SF leader'

sprinter

POLE

작은 카페에 앉아 무가지 신문을 읽는데 한국의 기사가 대문짝만 하게 실려 있다.
곧 남북전쟁이 일어날 위기에 처해 있다는 기사.
커피를 가져다주며 신문을 힐끔 보더니 낸시가 말했다.

"모르긴 몰라도 한국으로 돌아가지 않는 게 좋을 거 같아. 곧 전쟁이 일어날 거고 그런 위험천만힌 곳에 사느니 더블린에서 사는 게 낫지 않아?"
"하긴 그건 그렇네. 낸시 네 말이 맞다."

이렇게 멀리 떨어져 있는 곳에서 한국의 소식을 들었다.
그래, 어쩌면 나와는 상관없을지 모르는 일이다.
이렇게 말하면 생각 없는 여자가 되겠지만
지금 이곳에 서 있는 나로서는 아무것도 할 수가 없으니
그렇다고 치자.

삶은 무가지 신문과도 같다.
어디에 있든 무엇을 먹든 그곳이 어디든 몇 번을 읽어도 이해되지 않는
경제, 정치 이야기 그리고 듣고 싶지 않은 소식들과 때로는 반가운
뉴스들로 가득 차 있다. 그런 소식을 듣고 있어도 이곳에서의 나는
아무것도 할 수 없다. 어디에 있든 달라지진 않을 것이다.
그렇게 무심하고 무미건조하게 무가지 신문을 넘겼다.
나하고는 전혀 아무 상관없는 듯.

037

내 친구
도넛

Cuisine de France.

Ring Cuisine de France.

SPECIAL OFFER

€2

아일랜드는 아팠다.

떠나올 때부터 도착하고 나서도 그리고 다시 떠나올 때까지
계속 아팠다.

매일 쏟아지는 비가 그랬고 머리칼을 날리는 바람이 그랬고
듣고 있던 노래가 그랬다.

사람도 아니고 장소도 아닌 계절이 우리를 아프게 한다는
생각이 들었다.

루시드폴의 〈바람 어디에서 부는지〉를 계속 듣는데
가사가 가슴을 후벼 판다.

'혼자라는 게 때론 지울 수 없는 낙인 같아.'

정말 지울 수 없는, 아니 지워지지 않는 낙인 같다.

가슴에 큰 구멍을 가지고 있는, 동그란 구멍의 상처를 가지고 있는
도넛. 사실 만들어질 때부터 상처의 자리가 확정되어진 내 친구 도넛.
더블린에는 스파(SPAR)라는 편의점이 있다. 캐나다에서 마셨던
팀홀튼(Tim Hortons) 커피도 팔고 신선한 샐러드와 샌드위치, 각종의
빵 중에 내 친구 도넛도 있다.

다섯 개에 2유로. 그리고 레몬맛 환타를 사서 서둘러 집으로 왔다.
자고로 도넛은 따뜻할 때 먹어야 한다. 모든 빵이 그렇겠지만
도넛은 특별하다.

그나저나 혹시 조앤이 집에 있다면
분명히 하나 정도는 나누어 먹어야 할 거다.

'아 혼자 먹고 싶은데 어쩌지?'

휴~ 다행히도 빨간 피아트가 보이지 않는다.
후다닥 이층으로 올라와 침대 안으로 쏙 들어가 앉았다.
설탕이 귀엽게 뿌려진 도넛을 한 입 두 입 그리고 레몬맛 환타를
벌컥벌컥 마셨다. 역시 맛있는 건 나누어 먹어야 하는 건가.
마음에 걸려서 조앤 몫으로 2개를 따로 빼두었다.
그러고 나서 천천히 도넛을 먹다 입가에 묻은 설탕처럼,
소중한 사람들도 꺼내어 생각해본다.

그렇게 도넛을 먹다가 손도 안 씻고 양치질도 안 하고 그대로 다리를
뻗고 따뜻한 햇살을 받으며 스르륵 잠이 들었다. 이렇게 기분 좋은
낮잠은 참 오랜만이었다. 고마워 내 친구 도넛.

지금까지 살아오면서 먹어본 도넛 중에 더블린에서 먹었던 도넛이
최고로 맛있었다.

#038
못

못의 성분은 철, 약간의 탄소와 그 외 아주 약간의 불순물.
철을 만들 때 탄소를 얼마나 넣느냐에 따라 철의 강도가 달라진다고
합니다.
탄소는 보통 0.5~3퍼센트 정도가 들어간다고 하죠.
만들 때 탄소를 더 많이 넣어주면 강도가 센 철이 됩니다.
그렇다면 왜 3퍼센트 이상 넣지 않을까요?

너무 많이 넣으면 단단해져서 잘 부러지기 때문입니다.
철이란 것이 웬만큼 휘어지는 성질도 있어야 하죠.
그렇지 않으면 부러집니다.

우리도 마찬가지 아닐까요?
살면서 어느 정도의 선이 있습니다. 나의 욕심과 관심을 넘어서
그것은 자신을 힘들게 할지도 모르겠습니다. 그 어떤 것이든 과하면
독이 된다고 하죠. 너무 과하면 우리는 부러질 거예요. 사람이라면
웬만큼 휘어질 줄도 알아야죠. 휘어지면 망치를 들고 반대편 쪽으로
톡톡 쳐주면 어느 정도 다시 돌아오거든요.

가끔씩 내가 점점 단단해지고 있는 것 같아 두려워요.
툭 하고 부러질 것만 같아서.
부러지고 부서져서 다시는 일어나지 못할 것만 같아서.

#039
행복하겠지만
슬픈 일

조금씩 꿈에 가까워지는 것은 조금씩 내가 사라지는 것 같다.
조금씩 불행해지는 섯 같다.
꿈은 꾸고 있을 때가, 이루었을 자신을 상상하며 기대하는 편이
더 행복할 수 있으니까.

아직 내 꿈이 저 멀리 있어서, 너무 멀리 있어서 가끔은 보이지 않아서
다행이야.
갑자기 꿈을 이루면 금방 사라질 테고
갑자기 행복해지면 이내 불행해질 테니까.

꽃병에 물을 갈아주며 생각했다. 꽃은 물을 좋아하는 것이 아니라,
물이 없으면 살 수 없다는 표현이 맞는 거라고. 마치 우리가 꿈 없이는
살 수 없는 것처럼. 그건 아마도 행복하겠지만 슬픈 일일 거라고.

#040
당신
인생이잖아요

"자 그럼 마지막으로 헤어진 여자친구에게 음성 편지 한 번 보내시죠?"
라디오 DJ가 말했다.
"내 인생의 주인공은 네가 되었으면 좋겠고, 이젠 힘들게 하지 않을게.
다시 돌아와줘."
라디오에 전화 연결된 청취자가 헤어진 여자친구에게 떨리는
음성으로 속삭이듯 말한다.

"세상에 이런 바보가 어디 있어요.
당신 인생이잖아요.

그 누구보다 먼저 자신을 사랑할 줄 아는 사람이 좋아요.
내가 나를 사랑하지 않는데 그 누가 나를 사랑해주겠어요.
당신 인생이잖아요. 주인공은 당신이 되어야 해요.
잊지 말아요."

하지만, 저 남자가 사랑하는 그 여자.
오늘은 조금 부럽다.

041

척척박사

아무렇지 않은 척

못 이기는 척

어쩔 수 없는 척

보고 싶지 않은 척

그립지 않은 척

괜찮은 척

정말 괜찮은 척

그러다 너,

척척박사 되겠다.

#042

나쁜 사람

스크루지처럼 지독하게 이기적인 사람은
사랑을 할 수 없을지도 모른다.
그렇다면 이토록 이기적인 내가
다른 사람을 사랑할 수 있는 날이 올까?
누군가를 사랑할 수 있을까?

나는 나쁜 사람이다.
나뿐인 사람.
그렇게 또 다시 혼자, 아니 나만 데리고 비행기를 탄다.
그렇게 또 다시 구름 저편으로 등지고 떠나온 곳의 날은 저물어갔다.

멸치볶음

되는 일 하나 없고 이게 다 뭔가 싶다가도
원래 사는 게 다 그런 거라며 착잡한 마음으로
며칠 밤을 설치면서도 밥상 앞에선,

"아, 된장국 맛있네. 멸치볶음도 맛있고.
밥 한 그릇 더 먹을까?"

이런 생각만 한다.
그러니 상심해 있지 말고 입에 착착 붙는
멸치볶음에 밥 한 그릇 더 먹고 생각해요.
쉽고 단순하게 생각하면 즐거워질 거예요.
그렇게 무릎을 세워 앉아 있지만 말고
뭐라도 먹어요.

#044
출세하지 못한
오징어

바다를 보고 있으면 언제나 슬퍼진다.

어쩌면 그렇기 때문에 바다로 가고 싶어지는지도 모르겠다.

슬픈 마음, 바다를 바라보며 더 슬퍼지게.

속초 청학동에 있는 〈후포식당〉에는 생전 듣지도 보지도 못한

생선으로 만든 요리만 있다. 벽에 붙은 메뉴를 보며 이게 한국말인가

싶었다.

출세하지 못한 오징어는 오늘도 후포식당 메뉴에 오르지 못했다.

슬프다.

오징어가 나 같아서.

#045
말해줘서
고마워요

오늘은 날이 좋을 거라고.
하지만 내일은 비가 다시 쏟아질 거라고
미리 말해줘서 고마워요.

우산을 직접 손에 쥐여 주지는 않았지만
준비하라고 미리 말해줘서 고마워요.

그렇게 당신도 나에게 다 잘 될 거라고
괜찮다고
미리 말해줘서 고마워요.

#046

별이
빛나는 밤

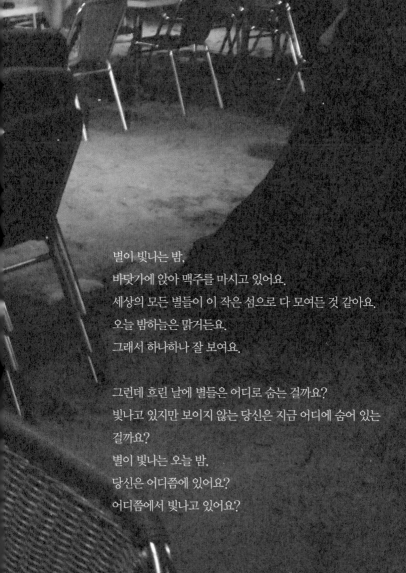

별이 빛나는 밤,
바닷가에 앉아 맥주를 마시고 있어요.
세상의 모든 별들이 이 작은 섬으로 다 모여든 것 같아요.
오늘 밤하늘은 맑거든요.
그래서 하나하나 잘 보여요.

그런데 흐린 날에 별들은 어디로 숨는 걸까요?
빛나고 있지만 보이지 않는 당신은 지금 어디에 숨어 있는
걸까요?
별이 빛나는 오늘 밤,
당신은 어디쯤에 있어요?
어디쯤에서 빛나고 있어요?

047

나만 그래요?

"지금 너도 잠들지 못하고 있는 건 아닐까? 전화 한 번 해볼까?"
이런 생각해본 적 있나요?
그러다 전화를 받으면 '자느라 안 받을 줄 알았는데…….'
말도 안 되는 이런 말로 얼버무리고…….
저만 그런가요?

#048
제발,
오늘만은

정말 좋아하는 것에 대한 표현은 되도록

자제해야겠다는 생각을 하고 있어.

설레는 감정은 표현하면 할수록 사라져버리는 것 같아서 말이야.

아무리 그래도 꾹 닫아놓는 게 더 좋지 않을 거란 말,

오늘은 하지 말아줘요.

#049
여름 냄새

〈삼촌이 순대를 꺼내다 허리를 삐끗해서 오늘은 쉽니다.〉

버스정류장 앞 떡볶이 집 문에 이런 문구가 나붙었다.

손수레에 재활용 상자를 가득 실은 할아버지가 입에 문 담배의 포스가
느껴질 때.
강바람인지 밤바람인지 도대체 알 수 없을 때.
떡볶이 집 삼촌은 많이 다친 건가 걱정하고 있을 때.
진한 다크 초콜릿 향기 같은 여름 냄새가 났다.

MIES JA ÄÄNI
LAULA ITSESI MAAILMALLE!

Maan maineikkain mieskuoro YLIOPPILASKUNNAN LAULAJAT ottaa uusia jäseniä.
Pääsykokeet järjestetään viikolla 3.9. 10.9. ja 17.9. klo 20.00 alkaen Vanhan ylioppilastalolla
(Mannerheimintie 3 B, 2 krs)

www.yl.fi   040-7714101

-MONSTERS

#050

기억

기억은 가슴이 아니라 머릿속에 있는 게 분명하다고 지금 깨달았다.
반대편에서 걸어오는 사람을 어디서 많이 본 것 같을 때 말야,
고개를 갸우뚱하잖아.
머리를 흔들어 기억해내는 거야.
맥주 캔 흔들어서 맥주가 아직 남아 있나 확인하듯이.

맥주 캔을 흔들어 아직 조금 남아 있는 걸 확인하고는
미소를 지으며 잔에 따랐다.
밤하늘의 달을 흔들어 달빛을 확인하고는
미소를 짓고 내 눈에 담았다.
저 둥근 달 속에 네 얼굴이 가득 차 있다.

#051
시들지 말아줘

내일 비가 많이 내릴 거라는데
그럼 조금은 선선해지니까
꽃이 금방 시들지 않을 거라는 생각이 먼저 들었다.
너무 더우면 꽃도 지치잖아요.
당신도, 너무 더워서, 그러니까 더위 때문에 그런 거 아닐까.
잠깐 동안만 지쳐 있는 거면 좋겠다.

52

매일 먹던 빵

어느 날 몸서리치게 모든 것이 싫었다.

아마도, 지겨워졌을 거다.

매일 아침 먹던 빵이,

매일 듣던 소식들이,

그 사람을 잊지 못하는 당신이.

그럼에도 불구하고 계속해서 살아가는 일이.

아니, 어쩌면 그 안에 있는 내 자신이 지겨워졌는지도 모른다.

먼 길을 돌아

그가 돌아왔다.

안녕, 가을!

#가을

#053
익숙함을
파는 곳

낯선 곳에 가도 스타벅스나 맥도날드를 보면 마음이 편안해진다.
어디에 가든 내가 늘 가고 보는 곳들이 있다. 그런 프랜차이즈 매장은
커피와 햄버거를 파는 것이 아니라 익숙함과 편안함 그리고 안심을
파는 것이라는 생각이 들었다.
나처럼 혼자서 식당에 들어가 식사를 하지 못하는 사람을 위해서,
여행을 낯설지 않게 해주기 위해서.
어떤 의미에서든.
마치 '낯선 곳에 서 있는 당신, 안심해요. 이곳은 따뜻한
곳이랍니다'라고 속삭이는 것 같다.

핀란드 헬싱키에는 스타벅스가 없었다. 군이 스타벅스가 없어도
맛있는 커피와 여행자들을 편안하게 해줄 곳들이 많기 때문이었을까.
하지만 몇 년 전 헬싱키 반타 공항에 스타벅스 매장이 하나 생겼고,
헬싱키 시내 스톡만 백화점 1층에 스타벅스 'Coming soon'이라고
쓰여 있는 현수막을 보았다.
헬싱키에도 이제는 제법 꽤 많은 관광객이 찾아오기 시작해서일까?
그래도 아직 스타벅스가 오픈하기 전에 헬싱키에서 지낼 수 있어서
좋았다. 시내에 스타벅스가 오픈한 후였다면 아마 매일 그곳에서
커피를 마셨을 거다. 노천카페에서 비둘기와 바다를 바라보며
커피를 마실 수 없었을 거고, 슈퍼에 들러 양상추를 사고 햄을 잘라
샌드위치를 만들어 공원에 앉아 먹는 황홀함도 느낄 수 없었을 거다.

헬싱키에서는 익숙함을 사지 않았다.
익숙하고 익숙한 그 맛과 풍경
그리고 불빛을 사지 않아서
아니, 살 수 없어서 참 다행이었다.

#054

어제 내린
커피

일본 드라마 〈심야식당〉에 보면 '어제의 카레'라는 메뉴가 나오잖아.
어제 만들어놓은 카레가 맛있다고.
어제 만들어놓은 카레가 맛있는 것처럼
어제 내려놓은 커피도 맛있어.
어제 밤에 내리던 비도 좋았던 것처럼.
하고 싶었던 말들은 꼭 닫아두고 그저 묵묵히 어제의 카레를 먹고,
어제 내린 커피를 마시고,
어제 밤에 내리던 비를 생각해.
그리고 어제의 너를 생각하지.

"정말로 소중한 것은 너무 소중히 다루면 오히려 좋지 않을 수 있어.
집착하게 되거나 갑자기 멀어지고 싶어질 수 있거든."

이른 아침 베란다에 빨래를 탁탁 털어 널며 제시는 나를 향해 말했다.
내가 당신을 너무 소중하게 생각하는 바람에 이만큼 멀어졌나보다.

미안해요, 어제의 당신.

#055
연민

태어난 지 36개월 만에 독일로 입양된 한 소녀를 만났다.
남북전쟁으로 남한과 북한이 나뉘어 있다는 것도,
수도가 서울이라는 것도,
그리고 내가 한국 사람이라는 것도 믿지 않았다.
단 한 번도 한국을 그리워하지 않았다고 했다.
어떤 나라인지 부모가 누구인지 궁금해하지도 않았다고 했다.
지금 이렇게 독일에서 좋은 부모님을 만나지 않았더라면
엉망이 되었을 자기의 인생을 상상조차 하기 싫어 그냥 눈을 감았던
숱한 밤들을 이야기했다. 딱 거기까지만 생각했다고 했다.
일부러 찾아보지도 알려고 하지도 않았다.

어쩌면 우리는 기억하고 싶은 일들만 기억하면서 살아가고 있는지도
모른다. 사실은 그렇지 않을지 몰라도 그럴 거라는 믿음을 갖고 있는
것이다. 그래서 안심이었다. 짧은 시간 우연히 만나게 된 소녀가
밝고 맑은 미소를 지을 줄 알아서. 버려졌다는 사실에 상처받지
않아서. 아니, 상처를 스스로 끌어안을 수 있어서.
나보다 강해 보여서 안심이었다.

지난 세월에 대한 연민이 거의 없는 사람을 만나
그의 이야기를 들었다.
없는 게 아니라 어떤 연민조차 가질 수 없었겠지만…….

#056
너도 참
너다

"어휴 너도 참 너다."

이 말을 나에게 자주 하는 사람이 있다.
이 말을 들을 때마다 어쩐지 나는 안심이 된다.
아직도 나 그대로인 것 같아서.

곧 겨울이 올 거다. 정확하게 가을의 냄새를 알고 있다. 가을 냄새가
나기 시작하면, 처음으로 외롭다는 것이 이런 것이구나라고 느꼈던
스물한 살의 가을이 생각난다.

그때 나는 제일생명 사거리의 횡단보도를 건너고 있었다. 기억은 나지
않지만 어디론가 가고 있었다. 넓고 넓은 그 사거리를 가로지르고
있었고, 넓은 세상에 혼자만 남겨진 기분이었다. 그때부터 가을이
되면 제일생명 사거리가 생각나고 그 위를 걷는 내 모습이 떠오른다.

아직도 그 기억이 생생한 이유는
그때의 기분을 잊지 못하고 있기 때문일 거다.
가을이 오는 냄새를 기억하기 위해서…….
제일생명 사거리가 교보타워 사거리로 이름이 바뀌었는데도
나에게는 계속 제일생명 사거리인 것처럼,
나도 이대로 계속 나이고 싶다.

057

살라미 피자

'점심은 뭘 먹을까' 생각하며 걷기 시작한 지 1시간이 지났다.
머물고 있는 아파트가 있는 동네는 시내에서 조금 떨어진 곳이다.
동양인은 찾아볼 수 없고 영어가 전혀 들리지 않는 그야말로
핀란드다운 동네.

저기 멀리 노란색 바탕에 빨간색으로 'PIZZA'라고 써 있는
간판이 보였다.
가까이 갈수록 그 노란색과 빨간색은 점점 선명해져 당장이라도
두 판은 먹을 수 있을 것 같았다.

'어라, 그러고 보니 여기 아파트 단지 앞이네.'
1시간 동안 걷고 걸어온 곳이 아파트 앞이었다.
더 좋은 것을 찾아 길을 나서 멀리 떠나도 보지만,
찾으면 찾을수록 그것은 이미 내가 갖고 있는 것인지도 모른다.
코앞에 피자가게를 두고 한 시간을 찾아 헤맸던 것만 봐도 그렇다.

오늘이라도 당장 문을 닫아도 이상할 것 전혀 없는 피자가게.
심드렁하게 앉아 있는 남자에게 다가가 살라미 피자와 커피를
주문했다. 반죽된 도우를 펴고 그 위에 살라미 햄과 치즈를 올리고
오븐에 넣는다. 피자를 만들면서도 힐끔힐끔, 피자를 먹고 있는
중간에도 커피 머신 사이로 자꾸만 쳐다보는 주인아저씨 덕에
맛집을 소개하는 TV 프로그램의 리포터처럼 괜히 더 과장되게
맛있게 먹어본다.

핀란드 말로 이야기를 하는데 알아듣지 못해
"아임 프롬 코리아"라고 했다.
핀란드 사람인 줄 알았는데 주인아저씨는 알바니아인이었고,
10년 전에 핀란드로 와서 지금 이 피자가게를 하기까지 이야기를
풀어내기 시작했다. 영어로 얘기를 하면 알아들을 수는 있지만,
대답은 가장 쉬운 단어 몇 가지로 끝낸다.

"아저씨, 한국 사람 본 적 있어요?"
"아니, 오늘 처음 봤어. 가족하고 온 거야? 아니면 혼자?"
"혼자 왔어요."
"유학 온 거야?"
"아뇨, 그냥 여행이요. 피자, 아주 맛있었어요. 그런데 배가 너무
불러서 남겼어요. 미안해요."
"아냐아냐, 괜찮아."
"내일 또 올게요."

나도 모르게 내일 또 온다고 말해버렸다.
내심 손님이 없는 걸로 보아 장사가 안 돼서 힘들 거라는 걱정을 했나?
그리고 오늘 핀란드에 와서 처음으로
'키토스(Kiitos, 핀란드어로 '감사합니다'란 뜻)'라고 말해보았다.

#058
말 없는 도시

헬싱키로 여행온 첫날,

그 여자는 시내에 있는 로버츠 커피(Robert's coffee)에서 한 남자를
보았다. 그다음 날, 검은 턱수염의 그를 다시 볼 수 있을까 하는
마음에서 다시 그 카페로 갔다.

3시간을 기다렸는데도 어제의 그는 오지 않았다. 처음 본 순간부터
그를 생각하고 있었고 그가 앉아 있던 자리에 앉아 매일을 기다렸다.
12시부터 오후 4시까지.

이제 일주일 뒤에는 돌아가야 한다.

하지만 아무것도 하지 않고 매일같이 카페에서 그를 기다리는 통에
남들이 다 가본 흔한 광장 마켓이나 대성당도 가보지 못했다.

처음에는 별 생각이 없었는데, 점점 억울해졌단다.

무엇보다 그를 한 번만이라도 다시 만나고 싶었다.

그렇게 한 달이 지났고,

눈이 닿는 모든 곳이 하얗게 덮인 시내를 바라보며

그녀는 대성당 앞 계단에 앉아 있었다.

그때 마치 영화처럼 그가 지나갔고

그녀는 그대로 그를 향해 달려갔다.

그녀는 지금 그와 함께 지내고 있다.

매일 하는 일이라곤 그를 위해 요리하고 청소를 하는 일,

그리고 그의 눈을 마주보고 대화하는 것이라 말하는

그녀의 눈동자에서는 빛이 났다.

사랑하는 사람을 위해 요리한다는 것은 어쩌면 '사랑해'라는 말보다 더
깊은 의미가 담겨 있다. 그래서 그녀는 아직도 돌아가지 않고
그를 위해 매일 요리를 하는가 보다.

가족도 친구도 일도 다 버릴 수 있을 만큼 그녀는 용기 있는
사람이었다.

사람은 어디에든 있지만 사랑은 어디에든 있지 않다.
먼 곳에서 여행을 떠나와서 이 도시가 아닌 한 남자와 사랑에 빠져
영영 돌아가지 않기로 했다던 그녀의 이야기를 들었다. 하긴 도시와
사랑에 빠지는 일은 쉽지 않을 거다. 더 머물러도 괜찮은지 돌아가야
하는지 도시는 늘 대답이 없으니.

059

180유로짜리
커피

옛날 미국 영화에서 나오는 텍사스의 시골 동네에 있을 법한 바(bar)에
들어갔다. 할아버지 한 분이 맥주를 마시고 계셨고, 중년의 남자는
신문을 보고 있었고, 뚱뚱한 아주머니는 커피를 마시고 있었다.
새로운 카페에 가면 늘 고민하는 것이 주문을 먼저 하고 자리에 앉아야
하는지 자리에 앉아서 주문을 해야 하는지이다.
카운터로 보이는 곳에 아무도 없다. 좁은 가게에 딱 3명의 손님,
아니 나를 포함한 4명을 제외하고는 아무도 없다. 인기척이 들리면
일어나서 주문을 할 생각으로 자리에 그냥 앉았다. 멍하니 창문에
매달려 있는 'KOFF'라고 써 있는 네온사인의 불빛이 깜박이는 것만
보고 있었다.
라디오에서는 Engelbert Humperdinck(잉글버트 험퍼딩크)가 부르는
〈There Goes My Everything〉이라는 노래가 흐르고 있다.
정말 이 동네는 잔잔한 올드팝 같은 이미지이다.
드디어 커피를 주문했다. 얼마냐고 영어로 물으니 대답은 하지
않고 메모지에 180이라는 숫자만 적는다. '후후, 이 정도일 줄은
몰랐지?'라는 듯한 미소를 지으며. 그럴 리가 없는 가격이라
농담이겠거니 웃었어야 했는데 표정이 굳어버렸다.
당황하는 나를 한참 보며 웃다가 1과 8 사이에 점 하나를 찍는다.
1.80유로. 원한다면 마시고 또 마셔도 좋다고 했다.
그렇게 커피를 받아 다시 자리에 앉아
또 멍하니 창 밖만 바라보고 있었다.

항공사에 전화를 걸어, 런던으로 가는 일정을 연기하고 싶다고 하니
당분간은 만석이라 불가능하단다. 노르웨이의 오슬로로 건너갈 수도
헬싱키에서 더 머물 수도 없게 되었다. 그렇다면 내가 할 수 있는
한 가지는 최대한 이곳을 즐기는 거다. 그래서 어제 갔던 피자가게도,
지금 이 바에도 매일 오기로 했다.
굳이 자주 오는 사람이 되고 싶었다. 여행 중에 한 번 들른 사람이
아니라, 커피가 맛있고 피자가 맛있어서 매일 같이 오는 사람이
되고 싶었다. 정말 그 아이리쉬 커피는 한 잔 가격이 180유로였어도
마셨을 것이다.

이제는 누군가가 다가온다면,
스치는 많은 사람 중에 그저 한 번 마음에 든 사람이 아니라,
나라는 사람이 정말 좋아서,
늘 같이 있고 싶어서 찾아오는 사람이면 좋겠다.
나도 당신에게 그런 사람이 되고 싶다.

#060
카우파토리

헬싱키 하면 마켓 광장(카우파토리)이 유명하다는 것은 모르고,
그저 영화에서 본 장면만 기억하고 있었다. 몇 번 트램(Tram)을 타고
어딘가에서 내려 조금 걸으면 마켓 광장에 갈 수 있을 거라는
블로그의 안내를 본 적은 있지만 그대로 따라가 볼 생각은
하지 않았다. 헬싱키의 시내는 굉장히 좁아서 그리고 튼튼한
내 다리라면 충분히 걸어서도 갈 수 있을 거라고 생각했다.
아니나 다를까,
마음 가는 쪽을 향해 걷고 있는데 붉은 천막이 보이기 시작했다.
어디로 가야 할지 막막해질 때 그저 마음이 가는 대로 가다 보면
내가 원하는 목적지에 닿을 때가 있다.
지금 카우파토리가 내 눈 앞에 펼쳐져 있는 것처럼.
바다가 지금 내 눈 앞에서 넘실대고 있는 것처럼.

#061
당연해요

지금 모든 것이 두렵나요?

두려워해야 하는 게 당연해요.

저도 그렇거든요.

하지만 이것만은 알아둬요.

두려워하면 할수록 아무 일도 일어나지 않는다는 것을…….

062

거짓말

Helsinki Helsingfors

지금까지 살면서 나는 몇 번의 거짓말에 속았을까.

사랑한다는 거짓말
괜찮다는 거짓말
예쁘다는 거짓말
좋아 보인다는 거짓말
잘하고 있다는 거짓말
이런 달콤한 거짓말들

그래서 나는 단 음식을 좋아하지 않는다.
초콜릿도, 생크림도, 케이크도, 사탕도…….
달콤함에 속기 싫어서…….

#063
공짜 트램

어디서 교통카드를 사라는 말만 들었지, 그 사용방법은 듣지 못했다. 당연히 한국의 버스처럼 카드를 스캐너에 갖다 대면 삑- 소리가 나면서 요금이 계산될 줄 알았기 때문에 미리 물어보지도 않았다.

아파트가 있는 동네와 시내를 연결하는 M트램을 타고 12분이면 헬싱키 시내로 갈 수 있다. 아파트 현관문을 닫을 때부터 왼손에는 교통카드를 꼭 쥐고 있었다.

무사히 탑승!
일부러 맨 마지막으로 탔다. 사람들이 카드를 어떻게 찍는지 보고 따라 하려는 생각이었다. 그런데 아무도 카드를 찍지 않는다. 교통카드 스캐너에는 4개의 버튼이 있었다. 하나도 아니고 4개다. 일단 눈치를 살피고 있었다. 혹시 내릴 때 카드를 스캔하는 거라면 다음 정거장에서 내리는 사람을 관찰하면 되니까.
아니, 그런데 내릴 때에도 이 사람들이 카드를 꺼낼 생각을 안 한다. 이 교통카드는 도대체 언제 쓰는 거야!

만약 누군가가 왜 카드를 안 찍냐고 물어보면 당당하게 카드를 보여줄 생각으로 여전히 교통카드를 손에 꼭 쥐고 있었다. 하지만 트램을 타고 내릴 때 그 누구도 교통카드를 사용하지 않았다.

아, 맞다! 스마트폰은 멋으로 들고 다니는 게 아니었지.
나도 스마트폰을 스마트하게 사용해보기로 했다.
검색을 하기 시작했다.

헬싱키에서는 요금을 따로 받지 않는다. 하지만 트램에서 승무원이 각 칸을 돌아다니며 탑승권 확인을 할 때가 있는데 1년 중 4번 정도 그 광경을 목격할 정도로 드물다는 것이다. 그래도 헬싱키 사람들은 정기권을 구매하며 만약 승무원이 탑승권 확인을 할 때 탑승권이 없으면 요금의 10배 정도를 벌금으로 내야 한다는 무서운 사실!

그렇게 내가 탔던 트램은 여섯 번. 두 번이나 승무원을 보았다. 심지어 한 번은 맞은편에 앉아 있는 핀란드 아주머니에게 탑승권을 보여달라고 했다. 당연히 없었고 아주머니는 10유로인가를 지폐로 승무원에게 주었다.
그 순간 나는 막다른 골목에 서 있는 듯한 기분이 들었고,
식은땀이 나기 시작했다.
정신만 똑바로 차리면 된다.
일단 뭐라고 말을 하면 교통카드를 보여주자!
그렇게 나는 교통카드를 손에 꼭 쥐고 있었다.
이렇게 생각하면서 최대한 자연스럽게 귀에 꽂은 이어폰으로 흐르는 노래에 그냥 온 마음과 정신을 맡기고 있었다.
승무원이 아주머니에게 벌금을 받고 영수증 같은 것을 건네며 몸을 내 쪽으로 돌리는 순간, 나는 눈을 지그시 감으며 고개를 창 쪽으로 돌렸다. 혹시 당황하는 게 티라도 났으면 어쩌지…… 이건 분명히 죄를 지은 거다. 무임승차니까. 그래서 솔직히 말하기로 했다. 여행 중인데 이 교통카드 사용법을 몰라서 들고 탔다고. 어떻게 사용하는지 알려줄 수 있느냐고 (이제 와서) 말할 참이었는데 승무원은 다른 칸으로 가버렸다.

그날 이후로 나는 트램을 타지 않았다. 이제 시내에서 볼 일도 거의 없고 조용하게 동네에서 시간을 보내다가 돌아갈 생각이었으니까.
교통카드 때문에 시내로 나가지 않기로 한 건 아니야.
믿어줘.

064

야심찬 계획은
무너지는 법

런던으로 가는 비행기가 아침 7시에 있기 때문에 새벽 5시에는
무조건 택시를 타고 헬싱키 반타 공항으로 가야 했다.
수신인 번호에 〈13170〉을 입력하고 집 주소를 문자 메시지로 보내면
택시가 올 거라고. 굉장히 빨리 오기 때문에 공항으로 가지 못할
거라는 걱정은 하지 않아도 된다고 했다.
문제는 그게 아니다.

한국에서 쓰는 아이폰을 로밍해서 왔기 때문에, 수신인 번호에
그냥 13170만 입력하면 되는지, 001이라든가 00700 같은 국제전화
연결번호도 포함해서 입력해야 하는지를 모르겠다. 잠들기 전에 한 번
연습해볼까도 했는데 그러다가 장난 문자인 줄 알고 정작 필요한 내일
새벽에는 오지 않을 것 같아 무서웠다.

만약, 어떤 방법으로든 13170에 문자 메시지를 보냈는데 반응이
없다면?

지체하지 말고 가방을 들고 거리로 나가자.
누구라도 붙잡고 택시를 탈 수 있게 도와 달라고 요청을 하자.
그렇게라도 할 수 없으면 길바닥에 그냥 드러눕자.

새벽 3시 반에 일어났다. 불안하다. 일단 이 집에서 나갈 준비를
꼼꼼히 했고 옷도 따뜻하게 입었고 타이레놀도 한 알 먹었다.
'그래 이제 문자를 보내보자' 하는 찰나 문 밖에서,
"메이, 나 들어가도 괜찮아?"
아파트의 주인 제시였다. 자신의 아이폰을 나에게 내민다. 수신인에는
〈13170〉이 입력된 문자 내용에는 집 주소가 있다.
"조금 더 쉬다가 나가기 직전에 〈SEND〉버튼을 눌러. 정말 금방
오니까."
문자 전송 버튼을 누르고 현관문을 나서 복도 창문으로 아래를
내려다보니 택시가 이미 서 있다.

다행이다. 우려하던 일은 일어나지 않았다.
하지만 무사했다는 것에 대한 안도감 뒤로 실망감이 찾아왔다.
지난 밤, 최악의 상황을 위해 대비했던 야심한 계획이 수포로
돌아갔기 때문이다.

한 번쯤은 길바닥에 드러누워
나 제발 택시 좀 태워달라고 해보고 싶었다.

#065

목적 없는
하루

커피나 차를 마시고 싶어서라기보다
그냥 생각 없이 들어간 카페에 앉아서
한동안 아무것도 주문하지 못했다.
멍하니 넋을 놓고 앉아 있었다.
목적이 없으면 그렇게 간절했던 커피 한잔도 의미가 없어진다.
사랑이 그랬던 것처럼.

#066
마지막 인사

마지막 인사를 못하고 왔지. 그게 내내 마음에 걸렸어. 그렇게 오랜
친구가 된 것처럼 많은 이야기를 주고받았는데도 '잘 지내'라는 말도
못하고 왔지. 다가갈 땐 세상 그 누구보다 반갑게 그리고 떠나갈 땐
다시는 만날 수 없더라도 그건 어쩔 수 없는 이치라고 넘겨버리지.
어쩔 수 없으니까. 알바니아에서 핀란드 헬싱키까지 어떤 사연을
가지고 떠나왔는지는 말하지 않았지만 내가 그의 이름을 묻지 않았던
것처럼 또 그가 나의 이름을 묻지 않았던 것처럼 때로는 묻는 것이
오히려 슬픔이 될 수 있거든. 돈을 많이 벌기 위해서 왔다는 그의 눈은
빛나고 있었는데 참 좋아 보이더라. 그런 믿음이 그리고 모든 것을
등지고 떠나온 그 용기가.

하느님은 인간에게 견디기 힘든 아픔을 하나 주셨는데,
그건 바로 이별이야.
그 이별은 아픔일까, 선물일까?

#067

소유할 수 없다

"사람은 소유할 수 없습니다."
그러니 애당초 누구의 것이 되겠다는 생각은
하지 말아야겠다.

068

시 읽어주는
여자

가만히 앉아 시를 읽다가

마침 좋아하는 구절이 나오면 너에게 읽어주고 싶다.

이것 좀 들어봐.

목을 가다듬고 조금은 떨리는 음성으로 너에게 읽어주고 싶다.

네 머리와 가슴 속에는 다른 사람이 자리 잡고 있을 테지만

그래도 너에게 읽어주고 싶다.

#069
묻지 않을 것이다

지금 이 선택이 올바른 것인지 묻고 싶었지만
묻지 않았다.
영원히
그리고
누구에게도 묻지 않을 것이다.

아침이잖아요

자고 일어나면 새로운 기분이 되어야 해.
어제와 같은 지저분한 기분 따위
그대로 머물도록 그냥 놔두지 않거든.

그러니까 얼른 일어나요.
아침이라고요.

#071
좋아서 하는
일

"좋아하는 게 뭐예요?"

"음, 잘 모르겠어요."

"지금 기타를 치고 있잖아요, 그거 좋아서 하는 거 아니에요?"

"아, 그렇네요. 그러고 보니."

당신은 좋아하는 게 뭐예요?
아, 지금 책을 읽고 있네요.
그럼 책읽기를 좋아하는 거 아니에요?
이런 사소한 질문이 대단해 보일 때가 있다.
내 말문이 막힐 정도로…….

#072

번지다

볼펜으로 쓴 글 위에 물방울이 떨어지면 번지잖아.

지금 비가 내리고 있는데 나무도, 전선도 자동차도 다 번지고 있어.

우리는 다 잉크로 그려져 있나 봐.

눈물이 흐르면 말이야,

당신도 번져버리거든.

#073
다른 뜻은 없었다

더글라스 케네디의 소설은 절정을 달렸기 때문에
읽는 것을 그만둘 수는 없었다.
소설을 조금 더 읽고 싶었고 조금은 더 걷고 싶었다.
와인 한잔 마시고 싶었고
괜찮다면 조금만 더 당신을 생각해보려고 했었다.
그것뿐이었지, 정말 다른 뜻은 없었다.
당신을 내 안에 가둬두고 싶은 생각은 추호도 없었다.

074

나야말로

사람들은 나에게 어떻게 하면 마음이 괜찮아질 수 있는지
자주 묻는다.
요즘 같아서는 어떤 말도 해줄 수가 없다.
나야말로 궁금하거든.
어떻게 하면 마음이 괜찮아질 수 있는지.

#075
제쳐둬요

당신 머릿속에 있는 그 걱정은 잠시 제쳐둬요.

그건 언제든 되찾을 수 있으니까.

그런 걱정 말고 지금이 아니면 사라질 것을 쫓아가요.

응원할게요!

#076

정답

정말 힘들 때에는 아무도 도와주지 않고,
곁에 있어주지도 않는다.
그래야
내가 내 인생의 주인공으로 살 수 있다.

#077

뚝뚝

손톱 깎는 소리보다 묵직한 발톱 깎는 소리 뚝뚝.
아침부터 현관문을 활짝 열어놓고 옆집 아저씨는 발톱을 깎았다.
그 소리가 시려웠다.
발톱에 들러붙어 딱딱해진 삶의 무게가 뚝뚝 떨어져나가는
순간이었다.

#겨울

지나가는 여자의

빨간색 스웨터에

선명한 자국.

먼저 세로로

반을 접고

다시 반으로 접어

서랍장 맨 아래에

넣어두었을

빨간색 스웨터.

그렇게 또 겨울이 왔다.

지나간 습관이

남겨진 모습으로.

078

기억의 습작

그녀는 아팠다.

가족 이외의 사람들에게는 절대로 알리지 말라고 했다.

하지만 세상에 비밀은 없었다.

항암치료로 머리카락이 다 빠지고

속을 게워내는 고통을 겪으면서도

그녀는 미국에 가기 위해 돈을 모으고 있었다.

"엄마, 나 미국에 가고 싶어."

"미국에는 왜?"

"미국도 한 번 못 가보고 죽으면 억울하잖아."

유방암.

그녀를 아프게 했고, 가족의 가슴을 아프게 했고,

친구의 가슴을 아프게 했다.

아프다는 것을 알고 있었지만 찾아갈 수가 없었다.

내가 모르기를 바랐던 그녀가 더 아파할까봐.

비록 말도 안 되는 변명이 되어 버렸지만 내 마음은 그랬다.

조금이라도 편하게 해주고 싶었다.

오늘 밤이 고비라는 연락을 받았다.

전화 한 번 해주지 못한 미안함에 가슴을 치며

계속 전화기만 보고 있다.

무슨 연락을 기다리는 걸까.

네가 마지막으로 환하게 웃었던 건 언제였을까?

마지막으로 눈물을 흘렸던 건 언제였을까?

마지막으로 사랑을 한 사람은 누구였을까?

죽을힘을 다해 살고 싶었을까?

미국에 가보지 못해 아쉬웠을까?

많은 것을 두고 떠나는 기분은 어땠을까?

살고 싶다고 외치면서도 그럴 수 없음을 알고 있었을까?

연락 한 번 못한 나를 미워하진 않았을까?

아니, 보고 싶지는 않았을까?

어제 아침 빙판길에 미끄러질까 조심조심 걸으며

전람회의 〈기억의 습작〉을 흥얼댔다. 이상하게 하루 종일 이 노래가

머릿속을 맴돌더니, 밤에 그녀가 세상을 떠났다는 연락을 받았다.

장례식장으로 가는 자동차 안 라디오에서 우연히 흐르던 기억의 습작.

너도 이 곡을 좋아했었던가.

너는 지금쯤 어디로 날아가고 있을까?

#079
취중진담

중학교 2학년 때, 엄마가 준 우윳 값으로 전람회 테이프를 샀다.
그때는 사랑이 뭔지, 술이 무슨 맛인지도 모르면서 〈취중진담〉이라는
곡이 그렇게 좋았다. 그달치 우유는 마시지 못했지만 쉬는 시간마다
마음만은 배불렀다.

사랑이 어떤 건지는 아직도 모르겠지만 이젠 술이 무슨 맛인지는
알고 있다. 그래서 취중진담이라는 곡이 더 좋다. 개인적으로 술에
취한 상태에서는 진담을 말할 수 없다고 생각하지만, 진심을 담아
사랑을 고백한다는 건 아름다운 일이다.

다 늘어난 테이프를 보며 속상해 하던 중학생 소녀의 모습이 보인다.
그때 너의 진심을 모르는 척해야 했던 스물셋 숙녀의 모습도 보인다.
다 지나간 일이다. 그 노래도, 그 술잔도.
추억은 마르는 것일까. 굳어버리는 것일까.

여기, 낡고 오래된 노래 같은 사람이 하나 서 있다.
뻐근한 표정을 지으면서도 괜찮다고 말하는 낡은 사람이.

#080
하나만
물어볼게요

여행은 새로운 경험이라기보다, 어제에서 이어지는 오늘이죠.
글씨를 쓸 때 펜을 수직으로 세워 잡는 그 습관 그대로 가져가요.
다른 사람이 될 리 만무하고 당신을 힘들게 하던 그 고민들을 훌훌
털어버리기도 쉽지 않죠. 새로운 세상이 짠 하고 펼쳐지는 것도
아니고, 두근거리는 로맨스가 찾아오지도 않아요.
하지만 분명한 건 어제보다는 훨씬 나을 거라는 거죠.

그저 나 자신을 바라보는 일 같아요.
유명한 관광지를 찾아다니기보다, 커다란 에펠탑 밑에 잘려진
손톱만큼이나 작은 내 얼굴이 담긴 사진을 한 장 찍기보다, 그 나라
그 도시의 땅을 밟고 서 있는 나를 바라보는 것. 쌓여 있을 일들과
거센 바람과 함께 찾아들 카드명세서도 천천히 생각해보기도 하고,
지나온 날들을 다시 돌아보는 것이 여행이 아닐까 생각해보았습니다.
무언가 새로운 내가 되지는 않을까 기대도 하면서 말이죠.
그곳에서 서서.

공원 벤치에 앉아 메모를 하려는 데 펜이 없는 거예요.
그럴 땐 어떻게 해야 할까요?
휴대전화를 꺼내 메모를 하거나 접어버리면 되겠죠.
하지만 꼭 펜으로 쓰고 싶다면?
그런데 이곳은 생전 처음 와본 낯선 곳이에요.

벌떡 일어나 사람들이 보이는 곳으로 성큼성큼 걸어가서 묻습니다.
"혹시 근처에 펜을 살 수 있는 곳이 있나요?"

그렇게 펜을 사고 몇 자 적다가 따뜻한 커피가 마시고 싶어졌죠.
다시 누군가에게 묻습니다.
"맛있는 커피를 마실 수 있는 곳이 있나요?"

따뜻한 커피를 앞에 두고 앉아 있는데
모락모락 그리고 글썽글썽 눈물이 나려고 합니다.
다시 묻습니다.
"나 이대로 괜찮은 걸까요?"

여전히 괜찮지 않은 제가 보여요. 여전히 상처받는 제가 보여요.
어쩌겠어요. 그럼 또 자리를 털고 일어나야죠. 밖으로 나가서 걷든
베개에 얼굴을 묻든 일단 지금 이 자리에서 일어나야죠.

여행은 이렇게 작은 물음에서 시작되는 거예요.

저, 하나만 물어볼게요.

"지금 당신 흔들리고 있는 그대로 괜찮아요?"

081

바리스타
프롬 인디아

한국으로 돌아오는 비행기 시간을 착각했다. 지금 정확히 4시간째 공항에 있고, 5시간을 더 기다려야 인천행 비행기를 탈 수 있다. 더블린에서 갔었던 카페 〈코스타(COSTA)〉가 런던 히드로 공항 터미널 4에 있다. 카페라떼를 제일 큰 사이즈로 주문을 하고 앉았다. 대접 같이 큰 머그에 따뜻한 라떼가 담겨 나온다. 커피를 한 모금 마시고 사람들을 바라보고 있었다. 마치 한 권의 책 같다. 책을 펼치면 수많은 글자가 보이듯 눈을 깜박이면 수많은 사람의 모습이 보인다.

공항에서 긴 시간을 있다 보니 영화 〈터미널〉이 생각났다. 빅터 나보스키를 연기한 톰 행크스는 최고였다. 낯선 나라의 공항에서 오랜 시간을 지냈을 빅터 나보스키는 어떤 기분이었을까. 빅터 나보스키는 어찌 보면 별 것도 아닌, 그저 무시하고 살아가면 되었을 텐데 아버지를 위해 뉴욕으로 갔다. 단 한 가지 재즈를 위해서. 어쩌면 다시 돌아가기 위해서 버텼는지도 모르겠다는 생각을 했다. 지금 나도 다시 서울로 돌아가기 위해 긴 시간을 버티고 있는 것처럼.

이 영화가 생각난 또 하나의 이유는, 이 카페에서 테이블을 정리하고
쓰레기를 버리는 스태프를 보았기 때문이다. 〈터미널〉에서 주인공을
많이 도와주었던 공항 청소하는 할아버지와 닮았다. 작은 키가 그리고
삶의 무게로 눌려 구부러진 어깨 그리고 하얀 머리카락이.

할아버지 스태프가 입고 있는 유니폼의 등에는 〈BARISTA〉라고
새겨져 있다. 다른 스탭들의 유니폼에도 다 똑같이 새겨져 있지만,
이 할아버지가 유난히 바리스타와는 어울리지 않는 모습이 귀여웠다.
카트를 끌고 다니며 테이블을 청소하며 사람들과 인사를 나누고 웃는
모습이 즐거워 보였다. 내 옆 테이블을 치우러 왔을 때,
일부러 말을 걸었다.

"저 앞으로 5시간 동안 더 앉아 있어도 되나요? 돌아갈 시간을
기다리고 있어요."
"오, 그래요? 그럼요. 괜찮죠. 아니면 돌아가지 않아도 괜찮아요.
나처럼."
"하지만 돌아가야 해요. 항공권을 비싸게 샀거든요."
"그 정도는 여기에서도 벌 수 있죠. 나는 인도에서 왔어요."
"아, 그렇군요. 나는 한국으로 돌아가요."

앞치마 주머니에서 다 녹아 눌러 붙은 캐러멜을 꺼내 특별히 너에게만
주는 거야라는 눈빛으로 건네주었다. 나는 곧 한국으로 돌아가고
인도에서 왔다는 할아버지 바리스타는 돌아가지 않는다. 떠나 왔으면
다시 돌아가야 하는 게 맞는 거다. 아니면 이 바리스타 할아버지처럼
출입국 도장 따위 무시해버리면 그만이겠지만 그럴 용기가 아직은
없기에 떠나온 자, 있어야 할 곳으로 가야 한다.

#082
정말 낯선 곳은

정말 낯선 곳은 일상에서 벗어난 곳이 아니라 여행에서 돌아온 후의
일상이다. 세탁기에 세제를 넣을 때 섬유 유연제가 오른쪽인지
왼쪽인지 헷갈려 빨래를 두 번이나 했다. 헬싱키에서 지내던 동네를
산책하면서, 가슴 속에 담아두었던 고민들을 하나씩 하나씩 입 밖으로
소리 내어 말해보았다.

다시는 고민하지 않고 결정한 그대로,
더는 생각하지 않기로 다짐했지만,
여행은 끝이다라고 생각하는 순간 그 고민들이 다시 차올랐다.
참 낯설다.

버스 타는 법도 몰라 먼 길을 그냥 걸었던 더블린보다
핀란드어로 가득 찬 메뉴판을 보며 꿋꿋하게 주문을 해야 했던
헬싱키보다
내가 살아왔던 일상이 처음으로 낯설게 느껴졌다.
일상에 익숙해지고 싶지 않다.
그래야 어느 곳에서든 낯설지 않을 테니까.

083

저는
돌아왔어요

"저는 잘 돌아왔어요."

"어서 와요. 저기 쓰인 주격조사 '는'은 한정의 의미를 품고 있어
보이는데, '저' 말고 다른 무언가는 돌아오지 못했군요?"

"네. 저만 왔어요. 저만 오고 제 등짝에 딱 달라붙어 있던 고민들은 아직
안 왔죠. 겨우 떼어 놓고 왔는데 그들도 언젠가는 다시 돌아와
제 등짝에건 발등에건 붙어 있겠죠."

#084
겨울

눈이 내리면 겨울인가요?
눈물이 흐르면 슬픔인가요?
비가 내리면 당신인가요?

음악을 듣고 싶은데 어떤 음악을 들어야 할지 모르겠던 날처럼,
오늘은 너무 아픈데 어떤 약을 먹어야 할지 모르겠다. 보고 싶은데
그 사람이 누군지 모르겠는 것처럼. 그 정도로 가슴 아픈 사랑을 해본
적도 없는데 늘 누군가를 그리워한다. 특정한 그 누군가가 아니라
삶이 그리운 것이라 생각하기로 했다. 내가 생각하는 온전한 삶이란
이런 것이다라는 것을 정해두지도 못했으면서 지금 이건 아니라는
생각을 한다.

우리는 누구에게 혹은 무언가에 지배당하고 있다는 생각을 때로는
하게 될 텐데, 나를 지배하는 건 바로 나 자신이 아닐까. 알면서도
지배당하고 또 지배하고 있다. 아무리 생각해도 손해 보고 있는 것
같다는 생각은 더는 하지 않기로 했다. 손해 보고 있는 게 아니라
욕심이 과한 거라고. 그랬을 거라고.

따뜻한 봄이 지나갈 즈음 그때 다시 떠날 테다.
겨울은 떠나기엔 아직은 쓸쓸하니까.

#085
어수룩한
사람

당신을 만났어요.
천천히 걷는 당신 옆에서 걷고 있는 내가 어색해서
당신을 따라 걷는 척하면서 걸었지요.
처음엔 서로 눈을 마주보지도 못하고 이야기를 했어요.
그러다 당신이 내 앞으로 와서 앉았죠.
나쁘지 않았어요.
아니, 좋았어요.
어수룩한 사람이 좋아서
당신이 어수룩했었다고 생각하고 있는지도 몰라요.

완벽한 사람보다 어수룩한 사람이 좋아요.
머리를 긁적이면서 쑥스럽게 인사하는 사람이 좋아요.
그냥 당신이 좋다고, 그냥 좋다고 말하면 될 것을
이렇게 돌려서 말하고 있어요.

　미안해요.
　어수룩해서.

#086

입어봐야
아는 거야

도쿄 신주쿠역 남쪽 출구로 나와서 쭉 내려가다 보면 뒷골목에 작은 음식점들이 즐비해 있는데 그 겨울 어느 날 카레 우동집에 들어갔다. 옆 테이블에는 모녀가 식사를 마치고 나갈 채비를 하며 이런 대화를 하고 있었다.

"너, 내가 너한테 쏟아 부은 돈이 얼마나 되는지 알지?"
"그래도 난 진짜 옷도 안 사 입는 거야. 친구들에 비하면."
"옷뿐만이 아냐."
"그런데 엄마, 방금 산 옷은 진짜 괜찮지? 예쁘고, 싸고."

엄마는 어깨에 두른 크로스백의 지퍼를 직─ 열어 지갑에서 천 엔짜리 두 장을 꺼내 들며 말했다.

"옷은 빨아봐야 알고, 입어봐야 아는 거야."

사람 역시, 겪어봐야 알 수 있다.
같이 걸어보고, 같이 웃어보고, 같이 울어도 봐야 한다.
나도 그리 괜찮은 사람 아니고
당신도 그리 좋은 사람은 아니었을 거다.
하지만 분명한 건 그런 것쯤은 아무 상관없다는 거다.

087

찾아야 한다

나의 몸과 마음이 필요로 하고 원하는 것들(필요로 하는 것과 원하는
것은 다르다) 중 어쩌면 가장 크다고 말할 수 있는 것 하나가 채워지면
다른 수많은 것에 대한 욕구는 줄어들거나 사라지거나 할 것이다.

너무 춥고 지쳐 있는 상태에서는 따뜻한 커피도, 우동 한 그릇도,
따뜻한 보리차도 마시고 싶다. 몸이 원하고 또 필요로 하는 거다.
이때 따뜻한 이불 속으로만 들어가면 이전에 원했던 모든 것들이
사라진다. 사라지게 된다.

내가 그랬다.
다시 유학도 가고 싶고, 제빵기술도 배우고 싶고, 기타도 배우고 싶고,
바이올린도 다시 하고 싶고, 글도 더 잘 쓰고 싶고, 매일 요리도 하고
싶고, 그림도 잘 그리고 싶고, 사진도 배우고 싶었다. 하지만 나를
외롭지 않게 해줄 사람이 옆에 있다면 이 많은 욕구는 줄어들거나
사라지게 될 거라는 생각을 했다. 나의 행복만을 위해 살기보다는
나를 사랑해주는 사람을 찾는 것도 중요하다는 생각.
하지만 지금 이렇게 나름대로 열심히 살고 있어야 사랑도,
사람도 찾아올 거라는 생각.

살아 있는 모든 것은 사랑을 해야 하고,
살아 있는 모든 것은 서로를 찾아야만 한다.

#088
이젠 믿는다

핀란드에서 돌아오고 이주일 정도 지났을까, 머물던 아파트의 주인 제시에게 이메일이 왔다.

"메이가 돌아가고 나서 여행을 다녀왔어. 여행을 가야 했던 몇 가지 문제가 있었거든. 믿기 힘들겠지만 그래서 이제야 대청소를 했는데, 메이가 지내던 방에 시디플레이어가 있더라고. 프리템포의 시디가 들어 있던데 그거 네 거 같은데 맞아? 다시 찾으러 오기는 힘들 것 같으니 보내줄게. 집 주소 알려주겠어?"

한참을 멍하게 앉아 있었다. 시디플레이어를 두고 왔다는 사실을 모르고 있었다는 것과 제시가 이제 와서 대청소를 했다는 사실이 놀라웠다. 어떻게 할까 생각하다 회신을 보낸다.
물건을 잘 잃어버리지 않는 내가 물건을 두고 왔다면
이건 어쩌면 다시 그곳에 가야 한다는 일종의 암시 같은 것이라는
과한 생각을 해본다.

"안녕 제시, 여행은 잘 다녀왔어? 어떤 문제로 여행을 가야 했는지
궁금하지만 묻지 않을게. 시디플레이어는 잠시 맡아줘. 곧 찾으러
갈게. 아, 그리고 프리템포 앨범 한 번 들어봐. 마음에 들 거야.
내가 찾으러 갈 때까지 계속 듣고 있어도 괜찮아.
찾으러 갈 때 다시 연락할게. 잘 지내."

주소만 알려주면 될 것을 굳이 찾으러 가겠다고 말힌 내 심보는 뭘까.
미안하다고 말하는 너에게 뭐가 그렇게 미안하냐고, 뭐 때문에 화가
났는지 알긴 아냐고 말했던 내 심보는 뭐였을까. 평탄한 길을 잘 걷고
있으면서도 무언가 문제가 있는 것 같다고 느닷없이 생각하는 나는
도대체 왜 이럴까.

여행을 가야 했던 몇 가지 문제가 있었다던 제시처럼
나에게도 혹시 어떤 문제 같은 것이 있지는 않은 걸까.

누구에게나 문제가 있다는 말,
이젠 믿는다.

089

그땐
몰랐던 일들

"보험? 나 죽으면 돈 나오는 거? 그런 보험 같은 건 필요 없어."

"언제 아플지 모르잖아요."

"나는 매달 나갈 돈이 정해져 있는 거 싫어. 하루에 삼시 세 끼 먹는 것도 싫은 사람이야. 내가 배고플 때 먹고, 자고 싶을 때 자고, 가고 싶을 때 가야지. 하루에 밥을 꼭 세 번 먹어야 한다는 건 도대체 누가 정한 거야."

"그럼 오늘 식사는 하셨어요?"

"저녁때 손님 오니까 그때 한 끼 먹겠지 뭐."

"점심도 안 드세요?"

"이따가 막걸리나 한 병 마시겠지."

"뭔가 되게 좋아 보여요. 하고 싶을 때 하고, 먹고 싶을 때 먹고,
가고 싶을 때 가는 거 말이에요. 젊었을 때부터 그러셨어요?"

"젊었을 때는 직장생활 하느라 그렇게 못했지만 지금은 그냥
내 마음대로야. 아가씨도 지금은 이렇게 하긴 힘들 거야.
젊었을 때는 참아야지."

매월 정해진 날짜에 정해진 금액이 자동이체가 된다는 것이나
하루에 반드시 아침, 점심, 저녁식사를 정해놓고 먹어야 한다는 것이
싫다는 사람.
무슨 일이든 억지로 하는 게 싫다는 사람.
전부 옳은 말 같아서 고개를 크게 끄덕였고
젊었을 때는 그렇게 하지 못했다는 부분에서는
나의 두 눈이 반짝이는 것을 느꼈다.

그땐 미처 몰랐던 것을 이제 깨달았다는 사실에 대한 보상이라도
해달라는 작고 귀여운 시위 같았다. 50대 후반이 된 지금에서야
마음 가는 대로 살고 있다는 아저씨.
아니, 인생 선배님의 말씀이다.

음~ 억울하다는 표현을 쓴다면 괜찮을까.

그래, 인생 선배님은 어쩌면 그동안 억울했다는 듯이 말을 했던 것
같기도 하다. 어디든 떠나기를 반복하고는 있지만 그보다 나는 아직
길에서 벗어나지 못했다. 그러니까 어쩔 수 없는 현실에서 살고 있다.
왜 그 현실과 이상이 달라야만 하는지 답을 찾을 수가 없어 답답했고
바람이 불면 부는 대로, 비가 내리면 내리는 대로 소리 내서 울기를
반복했다. 하지만 오늘 만난 선배님의 이야기대로라면 당연한 이치인
거다. 하겠다고 가겠다고 제아무리 발버둥을 쳐보아도 어쩌면 우리는
제자리일 것이다. 젊으니까. '젊을 때'이니까.

아무런 준비도 없이, 아는 것도 없이 과감하게 떠나기를 반복했던
그때에는 몰랐던 것이 하나 있다. 삶을 이끄는 이정표는 어디에도
없고, 나를 무겁게만 하던 그 문제들의 답은 어디에도 없다는 것.
답을 찾아가는 게 아니라 답은 없다라고 인정할 수 있어졌다고
감히 자신 있게 말하고 싶다.

정해져 있는 세상의 모든 것에 진력이 나버려서
이제는 하고 싶은 대로 한다는 아저씨. 그 어디에도 답은 없다는 걸
깨닫고 나니 갈피를 못 잡고 있는 지금의 내 상황이
더 아름답다는 것을 알았다.
그래서 청춘이고, 그래도 청춘이다.
아마 마흔 즈음엔 지금 몰랐던 일들을 알 수 있겠지.
예를 들면 사실 삶의 모범 답안은 있었다라든가?

#090
따뜻해지고 싶었다

우리가 아직 겨울을 살고 있을 때 나는 따뜻해지고 싶었다.
따뜻한 사랑을 하고 싶었고 따뜻한 우정을 나누고 싶었다.
따뜻하고 따뜻해 그 가슴이 뜨거워 미칠 지경에
다다랐을 때에는 너의 차가운 가슴도 필요했었다.

그해 겨울에는 따뜻해지지 못했고 사랑을 하지 못했다.
계속 차가웠다. 하늘도 땅도 바람도 당신도 차가웠고
무엇보다 내가 너무 차가워서 참을 수 없었다.

#091
읽다 만
책

나의 책장에는 읽다 만 책들로 가득하다.
조금 읽다 덮고, 다른 책을 꺼내 읽다 덮고.
읽다 만 책은, 오늘 아침 먹다 만 빵 같아서 조금은 슬프다.

먹다 말았고,
읽다 말았고,
가다 말았고,
생각하다 말았다.
그만두었다는 뜻이다.

#092
가슴이 멎다

가슴이 벅찬 순간이 분명히 있다.

어떤 글을 읽었을 때

어떤 음악을 들었을 때

어떤 그림을 봤을 때

어떤 냄새를 맡았을 때

그리고 당신의 마음이 나에게 전해졌을 때…….

어떤 사람

'어떤 사람'이라 불리는 것에 대해 서운해하시 말아야겠다.
나도 언젠가 여러 사람 앞에서 당신을 '어떤 사람'이라 말했던
미안한 기억이 있다.
아는 사람도 아니고, 어떤 사람이 되었다.

사람이니까 변하고 안쓰러워지는 거예요.
변한다고 서운해 말아요.

지킬 수 없는
약속을 합니다

지킬 수 없는 약속들은 무겁다.
물에 젖은 수건처럼 비틀어 짜면, 원망일지 모르는 무거운 물이
쏟아져 흐를 것이다. 지킬 수 없는 약속은 그렇게 비가 되나 보다.
되도록 지킬 수 없는 약속을 하자.
차라리 비라도 맞는 밤이 아름다울 테니.

구름과 안개는 수없이 작은 물방울들로 이루어져 있다.
지면에 가까이 있으면 안개, 지면에 닿아 있지 않으면 구름.
그러니까 안개와 구름은 같은 것임을 깨달았을 때
비가 내리기 시작했다.

#095
나에게는
나밖에 없어

상대의 기분과 감정까지 미처 신경 못 쓰고 자기감정만 앞세우다
결국엔 상대를 내치는 사람이 있다. 자신이 받은 상처만 생각한다.
하지만 그런 상황에 상대를 이해하고 자신의 감정을 조절할 수 있는
사람은 없을 것 같다는 생각도 했다. 당장 내 감정 조절도 어려운데,
나도 내 기분 맞추기 힘든데 어떻게 다른 사람들 기분까지 맞추면서
살 수 있나 싶다.

당신은 꼭 내가 아니어도 좋았을 거야.
나에게는 나밖에 없어.
모난 나를 이해해주고 따뜻하게 안아줄 사람은
아직 나밖에 없단 말이야.

#096

조난

어떤 감정을 갖고 상대를 대해야 하는지 정해져 있는 것은 아니지만
최소한 스스로 지키고 싶은 선이 있다.
집착을 한다거나 구속을 하고 싶지도 않고 또 받고 싶지도 않다.

그 감정의 조절은 참으로 쉽지만은 않아서 늘 헤매고 있다.
하고 싶은 말은 산처럼 높고 많은데, 늘 그 산에서 조난당한다.

#097
편지

편지 쓴다며 왜 편지 안 썼어?

썼어.
보내지 않았을 뿐이지.

098

새벽처럼

밤은 길고 새벽은 짧다.
그리워하고 기다리던 시간은 길었지만 당신은 짧다.
마치 새벽처럼.

여행도 짧았다.
도대체 그 여행은 언제 끝나고 돌아오느냐고 물어오지만
여행은 긴 밤이 아니라 잠깐 동안의 새벽이다.
우리의 삶이 잠깐인 것처럼.

#099

반납일

도서관에서 책을 빌리고, DVD 대여점에서 영화를 빌리고,
옆자리 친구에게 볼펜을 잠깐 빌려 쓰고
어쩌면 내 삶도 누군가가 잠깐 빌려준 거라는 생각.

반납일이 가까워지고 있다는 사실.
시작했으니 끝은 오는 거야.

#100
없어도 되는
마음

어느 초 겨울날, 점심을 먹고 나오는 길에 갑자기 폭우가 쏟아져
집에 우산도 많은데 어쩔 수 없이 우산을 하나 샀다.

없어도 되는 우산이 하나 더 늘었다.

어느 짙은 겨울날,
우연히 당신을 만나
내 마음대로 당신의 마음을 샀다.

없어도 되는 마음이 하나 더 늘었다.

#101
그럴 리
없다

지하철에서 사연이 적힌 종이를 돌리는 남자.
그 누구도 그를 반길 리 없었다.
차갑게 외면당한 종이를 다시 걷는데 한 아저씨가 말한다.
"글씨가 하나도 안 보여. 복사 좀 다시 해요"라고 말하며
만 원짜리 지폐를 건넨다.
따뜻했다.

누구나 행복할 리 없다.
누구에게나 공평할 리 없다.
세상이 차가울 리 없다.
그럴 리 없다.

#102
세상에서
가장 높은 창문

일본에서 귀국하자마자 회사에서 나에게 준 집이 있었다.
비록 좁고, 창문을 열어도 하늘의 별을 볼 수 없는 방이었지만
그 집에서 생활하는 6개월 동안은 한국으로 돌아오길 참 잘했다고
생각했었다.

하지만 6개월 후 그 집에서 나와야 했고,
엄마 집으로 들어갈까 하다 급하게 잠원동으로 이사를 했다.
청담동의 좁은 오피스텔보다 조금 더 좁지만
하얗고 깨끗한 집이었다.
그리고 정말 아쉽게도 그 집에는 창문이 없었다.

그런데도 불구하고 옆집의 부부는 일주일에 한두 번은 꼭 고기를 구워
먹었다. 고기 굽는 냄새 때문인지 창문이 없어서인지 잘 모르겠지만
나는 늘 외로웠다.

1년만 참고 다음에는 창문이 큰 집으로 이사를 가야지.
매일 아침 집을 나서면서 주문을 외우듯 읊조렸다.
1년 뒤 창문이 큰 집으로 이사를 갔고, 지금은 창문이 많고 큰 집에서
살고 있다. 좋은 집은 아니지만 햇살이 쏟아지는 오전 10시 즈음이면
살아 있어 다행이라는 생각을 하며 지낸다.

어느 날 웅크리고 잠을 자다 깼는데
아침인지 밤인지 전혀 모르겠는 시간이었다.
다행히도 그 집에는 창문이 있었다.
손바닥 두 개 정도의 크기였는데 창문을 열어보니 온 세상이 하얗고
하얗다.
이게 뭔가 싶어 눈을 비비고 다시 보니 가끔 올려다보던 하늘에 둥둥

떠 있던 그 구름이었다.

내가 잠시 살던 집은 세상에서 가장 높은 곳에 있었다.
그리고 이 집에는 세상에서 가장 높은 창문이 있다.
밑에 있는 당신에게 햇살을 쏟아 붓는 광경을 직접 보았다.
그것은 아주 잠깐이었지만 분명했다.

내 집을 갖는 것이 두렵다.
옷이나 물건이면 어디든 가져갈 수가 있지만
집은 가져갈 수 있는 물건이 아니다.
집을 사버리고 나면 엉엉 어디로든 갈 수 없을 것이다.
분명히 말해서 나는 집을 살 수 없는 게 아니라 사지 않을 것이다.

비록 다리를 쭉 펴고 잠자기에는 좁을지라도 작은 창문이 있고 식사를
하고 음악을 들을 수도 있고 애틋한 누군가를 생각하기에도 좋은,
높은 곳에 있는 이 집은 잠시 저의 집이었어요.

이 집, 이제 당신이 살아야 할 차례가 왔어요. 세상에서 가장 높은 창문
너머로 시간이 바뀌고 계절이 바뀌고 있죠. 정말 아름답고 꿈같은
집이지만 당분간은 지낼 수 없을 것 같아요.

다음에는 천장에 창문이 있는 집으로 이사 가려고요. 높은 집에 살고
있는 당신이 밑에 있는 나를 향해 손을 흔들면, 나도 당신을 향해 손을
흔들면서 활짝 웃으며 말할게요.

　"잘 다녀와요."

42 **Kamppi**
Kampen

318

1920

#에필로그

어렸을 때, 개학을 앞두고 밀린 일기를 다 쓰고 나면 항상 이상한 기분이 들었어요. 모르긴 몰라도 '아, 지난 주 일요일 일기는 다시 쓰고 싶은데?'라는 생각을 하기도 했을 겁니다. 밀린 일기를 몰아서 쓰지는 않았지만 지금 제 기분이 마치 밀린 일기를 다 쓰고 난 후 같다고 말하고 싶어요. 다시 쓰고 싶은 글도, 부끄러운 글도 있지만 그냥 두기로 했습니다.

많이 고민하고 시간을 겪으면서 써내려갔습니다. 생각만큼 술술 나오지 않아 머뭇거렸던 시간도 있었어요. 급기야 '나는 무엇 때문에 글을 쓰려고 하는가' 하는 생각까지 하게 되었습니다. 마음이 운동장 모래알처럼 까슬까슬했습니다. 그럴 때마다 신기하게도 많은 분에게 응원의 메시지를 받았어요. 주저앉았다가도 다시 손을 탁탁 털고 일어나기를 반복했지요.

"우리처럼, 글을 쓰고 옷을 만들고 음악을 만들면서 사는 사람이 있어야 멋진 세상인데 왜 우리 같은 사람은 늘 힘들까?"라는 나의 물음에 옷을 만드는 친구는 이렇게 대답했어요.

"원래 글 쓰는 사람은 힘든 거야. 나는 옷을 만드니까 힘든 거고. '행복해요'는 글로 아무리 써도 행복한 줄 모르지만 '슬퍼요'는 글자만 봐도 슬퍼. 행복은 자기만의 것이길 원하고 슬픔은 남의 것이길 원하지. 그게 사람 마음인 거 같아. 난, 슬프고 우울하고 가난하고 비굴한 이야기만 다 내 얘기 같아 보여."

제가 다시 말했습니다.
"그럼 나는 글을 쓰기 때문에 힘든 게 맞으면 글을 쓰지 않아야 힘들지 않다는 거겠네?"

그게 사실이라면 당장 글 쓰는 것을 그만두겠다고 생각했습니다. 그만 힘들고 싶어서요. 하고 싶은 일을 하며 사는 대가로 힘든 생활을 하는 것보다 하고 싶은 일 그까짓 거 하지 않고 조금은 여유롭게 사는 것이 좋을 거라는 생각에서였죠.

하지만 더 이상 글을 쓰지 않겠다고 생각하는 순간부터 하염없이 눈물이 흘렀습니다. 그렇게 앉아 이 마지막 글을 쓰고 있는 지금 이 순간, 저는 아직도 들려줄 이야기가 많음을 깨달았습니다. 아무래도 배부르게 사는 것보다 하고 싶은 일을 하면서 조금은 배고프게 사는 것이 더 행복할 것 같아요.

글을 쓴다는 것, 사진을 찍는다는 것은 참 멋진 일이에요. 당신에게 이렇게 제 마음을 전하는 일, 참 멋진 일이에요. 당신에게 늘 멋진 여자로 그런 사람으로 기억되고 싶어요.

자주 마음이 운동장 모래알 같다던 디자이너 노현욱, 여권만료일이 같은 우지영, 도쿄의 오노(大野綾乃), 단추로 끓인 수프를 보내준 캐나다 토론토의 김현우, 서울의 나효선, 장경숙, 고동식, 부산의 김수철, 이메일로 쪽지로 편지로 안부를 전해주었던 많은 분들, 나의 오빠 신성현, 침대맡에 또 한 권 늘어난 나의 책을 바라보며 미소지을 엄마, 내 마음을 잘 아는 나의 카메라 내추라 클래시카(Natura classica) 그리고 윤상의 6집 앨범에 진심으로 감사드립니다.

그땐 몰랐던 일들

초판 1쇄 발행 2014년 5월 20일

글과 사진 신소현
펴낸이 이지은 **펴낸곳** 팜파스
진행 이진아 **편집** 정은아
디자인 조성미
마케팅 정우룡 **인쇄** (주)미광원색사

출판등록 2002년 12월 30일 제 10-2536호
주소 서울시 마포구 서교동 404-26 팜파스빌딩 2층
대표전화 02-335-3681 **팩스** 02-335-3743
홈페이지 www.pampasbook.com | blog.naver.com/pampasbook
이메일 pampas@pampasbook.com

값 13,000원
ISBN 978-89-98537-47-0 (03810)

ⓒ 2014, 신소현

이 도서의 국립중앙도서관 출판시도서목록(CIP)은 서지정보유통지원시스템 홈페이지
(http://seoji.nl.go.kr)와 국가자료공동목록시스템(http://www.nl.go.kr/kolisnet)에서
이용하실 수 있습니다.(CIP제어번호: : CIP2014012992)」

Semolina Pudding

Pan   1 (1/4) cup water
low heat   1/4 cup honey
                       1 tsp sugar
                       1 lemon's zest

Pan (low heat)   70 g butter
Stir frequently 3/4 cup coarse sem
5 min in +   1 tspn grated/zest
                 cardamom/gr
10 min in   1/4 cu